아버지의 추억

아버지의 추억

초판 1쇄 발행 2006년 2월 15일
재판 1쇄 발행 2010년 12월 20일

지은이 정운찬·김 훈·장영희 외
펴낸이 김혜승
편 집 김신애
디자인 김경옥

펴낸곳 따뜻한손
등 록 제13-1345호(2002.12.7)
주 소 서울특별시 종로구 명륜동 1가 33-90 303호
전 화 02-574-1114 02-762-5114
팩 스 02-761-8888
블로그 www.humandom.com

이 책의 저작권은 저작권자에게 있습니다.
저작권자의 허락 없이 사진과 글을 인용하거나 발췌할 수 없습니다.

잘못된 책은 바꿔 드립니다.
가격은 뒤표지에 명시되어 있습니다.

한국어판ⓒ 따뜻한손, Humandom Corp. 2010. Printed in Seoul, Korea
ISBN 978-89-91274-55-6

아버지의 주역

우리시대 대표주자 33인을 키운 아버지이야기

따뜻한손

■ 편집노트

아버지의 자리·아버지의 도리

"네 번째 아니에요?"

어느 가장이 요즈음 자신의 서열을 "시험 공부하는 딸·아내·나 그리고 애견"이라고 하자, 세상을 읽는 눈이 매서운 한국일보 장명수 선생님이 이렇게 물었다지요.

언제부터였던가요? 엄혹한 사회의 톱니바퀴에 끼인 채 제자리를 맴돌며 점점 주변을 서성이는 아버지들의 모습이 늘고 있습니다. 아내 없인 금세 "폐인"이 되고 자식들과 당최 대화를 잇지 못하는 아버지들은 가정에서도 어느덧 "왕따"가 된 듯합니다.

안방 아랫목에 정좌하지 못하는 오늘의 아버지들을 보며 이제 하얗게 빛바랜, 그러나 한없이 듬직했던 우리의 아버지들을 기억합니다. 그 추억 속의 아버지들은 우리에게 디딤돌이요, 버팀목이요, 큰 산이었습니다. 그분들은 당신들의 삶처럼 갖가지 빛깔의 속정으로 죽마고우처럼 다정하게, 때로는 묵묵히 행동으로, 때로는 회초리를 들고 엄정한 역할 모델을 제시했습니다.

우리 사회에서 시나브로 좁아져가고 있는 아버지들의 자리를 복원하고, 자라나는 세대에게 바람직한 아버지의 상을 제시하는 더 조그마한 단초를 마련하고자, 각계각층에서 활약하는 당대의 대표 주자들의 추억담을 모았습니다.

"아버지"에서 "아버님"과 "어른"까지 그분들에 대한 호칭은 다양하지만, 음으로 양으로 현재의 나를 가능케 한 어제의 아버지를 편편이 떠올린 아련한 추억들은 모두 33편입니다. 삶의 족적을 명확히 구분할 수 없듯 그 추억들 역시 가르는 데 중복의 소지가 있지만, 나름대로 크게 3장으로 나누었습니다.

〈아버지 — 내 삶의 디딤돌〉은 마치 "친구" 같은, 낭만적이고 따뜻한 아버지에 관한 추억 모음입니다.

〈아버지 — 내 삶의 버팀목〉에는 같은 길을 함께 걷고 있거나 스승 같은 아버지에 관한 추억이 담겨 있습니다.

〈아버지 — 내 삶의 큰 산〉에는 외길고집과 권위로 바로 선 대쪽 같은 아버지에 관한 추억들이 자리하고 있습니다.

이 분류는 그러나 "예외 없는 규칙은 없다"는 말을 예외 없이 실증하고 있습니다. 편집 과정에서 편의에 따라 나눈 측면을 부인하기 어렵기 때문입니다.

각 장은 글을 써주신 분들의 연세에 따라 차례로 펼쳐놓았습니다. 시대 순으로 정리하는 것이 일련의 시대적 흐름을 이해하는 데 도움이 될 것이라는 판단에서였습니다.

　이 가운데 반 정도는 조선일보에 같은 제목으로 게재됐던 글입니다. 이분들은 신봉승·정양모·김혜자·심경자·이연수·김채원·김훈·정호승·고도원·장영희·김명곤·안규철·이현세·사석원·베르나르 베르베르·박중훈 그리고 진명스님입니다. 김훈 선생님은 우리의 책을 위해 지면상 미진했던 이야기를 덧붙여주셨습니다.

　계절이 순환하는 모습을 헤아리다가 문득 창문에서 아렴풋한 시선을 거두면, 가끔씩 거기에는 창연히 넋 놓았던 눈빛 아래로 지난날 아버지의 기억들이 조각조각 내려앉습니다.
　추억으로 되짚어 나아가는 서른세 개의 문을 통해 아버지의 길을 다시 찾는 구도(求道) 여행이 된다면 펴낸이로서는 기대 이상의 보람입니다. 그러나 훌륭한 글에도 불구하고 정이 듬뿍 묻어나지 않는다면 그것은 전적으로 우리의 정성부족과 불민의 탓입니다. 시원하게 꾸짖어주시고 가르쳐주십시오.

　이 작은 책을 만들면서 수없이 많은 분들께 또다시 신세를 졌습니다. 무엇보다, 여러모로 분주한 가운데서도 회상의 글을 써주신 분들께 입은 은혜가 큽니다. 귀한 글을 읽고 또 읽으며 '나는 어떤 자식이었고, 어떤 아비인가' 하는 회한과 성찰로 차마 마침표를 찍기가 망설여집니다. 다시 한 번 고개 숙여 두루 감사드립니다.

김 창 영

■ 차례

편집노트   5

1. 아버지 — 내 삶의 디딤돌

사람 좋아하던 사람	신경림	13
아버지 같은 아버지가 되기 위해	송 자	23
가정교사에서 정책 제안자까지	고 건	29
행복한 유전자	강석진	37
'너희 애비라는 사람은'	김채원	45
아버지의 목소리	장사익	51
아주 특별하고 위대한 유산	천호균	59
결국 닮고만 아버지의 단점	고승덕	67
세상에서 가장 오래된 나의 친구	베르나르 베르베르	75
'어리석은 자의 낙원은 지옥보다 위험하다'	유근상	81
사흘 밤낮 베갯잇을 적신 아버지	진 명	87

2. 아버지 — 내 삶의 버팀목

난 아직도 아버지를 닮으려고 노력할 뿐	이종구	95
'봉사는 참인간의 도리니라'	신봉승	101
'그 아버지에 그 딸' 그 황송한 말을 위해	김혜자	107

좋은 농군에게는 나쁜 땅이 없다	권홍사	113
나를 만든 네 분의 아버지	정운찬	121
광야를 달리는 말	김 훈	129
말없는 말	정호승	139
세상에서 가장 행복한 바보	장영희	145
'네 책임은 네가 져라'	이현세	151
가난은 나의 힘	김현탁	157
내일을 꿈꾸는 사람에게는 가을이 없다	사석원	167

3. 아버지 — 내 삶의 큰 산

'나만 살자고 피난 가느냐'	정양모	175
창살 안에서 부른 불효자의 사부곡	로버트 김	181
사동궁 마마	이 석	189
스무 살 청년의 로맨스	심경자	197
입술 흉터로 남은 아버지	이연수	203
당신은 하늘의 구름이었습니다	설희관	209
사랑방 사람 교육	김 홍	217
비굴과 바꾼 책	고도원	225
아버지의 꿈·아들의 꿈	김명곤	231
내 안에 살아 있는 분	안규철	237
아버지, 당신의 이름으로	박중훈	243

1. 아버지
내 삶의 디딤돌

사람 좋아하던 사람

신경림

술도 좋아하고 노름도 좋아했지만, 아버지가 가장 좋아한 것은 사람이었다. 늙고 젊고 귀하고 천하고 남자고 여자고, 가리지 않고 좋아했다. 병이 들어서도 아버지는 사람을 좋아했다. 누가 찾아오기라도 하면 불편한 몸을 일으켜 세우고는, 안 돌아가는 입으로 세상의 온갖 이야기를 다 하고 싶어했다.

신경림

시인 · 동국대학교 석좌교수

1935년 충북 충주 출생. 동국대학교 영문과를 졸업했다. 1956년 『문학예술』에 「낮달」「갈대」 등이 추천되면서 등단했다. 민족문학작가회의 이사장을 역임했다. 저서로는 시집 『농무』『새재』『길』『쓰러진 자의 꿈』, 장시 『남한강』 등이 있으며, 평론집 『문학과 민중』『삶의 진실과 시적 진실』, 산문집 『바람의 풍경』『민요기행』『시인을 찾아서』 등이 있다.
만해문학상·한국문학작가상·이산문학상·단재문학상을 비롯, 다수의 문학상을 수상했다.

사람 좋아하던 사람

나의 아버지는 아주 평범한 시골 사람이었다. 할아버지로부터 땅 5천 평을 형제들과 나누어 물려받은 아버지는, 3년제 농업학교를 나온 학력을 밑천삼아 면사무소와 금융조합(지금의 농협)에서 일하기도 했다. 할아버지로부터 물려받은 그 땅은, 밭은 그래도 쓸 만했지만 논은 한 마지기에 벼 한 섬도 나기 어려운 하늘바라기가 거개였다.

아버지는 투기 성향도 좀 가지고 있었지 않나 싶다. 우리 고장에는 일찍 개발된 금광이 있었는데, 아버지는 끊임없이 거기에 관심을 기울였다. 누가 노다지를 캤다느니 어쨌다느니 하고 동네가 들뜨면, 아버지는 광산에서 일하는 삼촌이나 당숙들을 불러 세세한 내용을 묻고는 했다.

처음으로 아버지가 광산에 손을 댄 것은 해방 직후인 30대 초반이었다. 광산에서는 가장 중요한 몇몇 광구만을 직접 경영하고 나

머지는 분광이라 해서 하청업자에게 주었는데, 아버지는 이웃에 사는 한 광산쟁이와 동업해서 구덩이 하나를 맡아 돈을 대는 연상(鉛商)이 되었다. 그러나 아버지의 투자는 계속 실패로 끝나고 말았다.

그때도 아버지는 농협에 근무하고 있었는데, 몇 달치 월급을 미리 앞당겨 쓰는 일은 둘째로 치고 공금까지 끌어다 처박은 터라, 그것을 변상하려고 앞동산 언덕배기의 가장 기름진 밭을 날리지 않으면 안 되었다. 할머니는 그것이 하도 원통해서 날마다 아침이면 그 밭이 바라보이는 개울가까지 나가 큰소리로, 아버지를 광산에 꾀어냈다면서 동업자를 욕하고는 했다.

아버지는 착하고 인정이 많았다. 그 무렵에는 북에서, 만주에서, 일본에서 귀환하는 동포들이 몰려오고 있었는데, 우리 고장에 유난히 이들이 들끓었던 것은 광산이 있어서 목구멍에 풀칠을 할 방도가 있었기 때문이다.

우리 집은 방이 꽤 많이 있었는데 사랑채와 건넌방은 으레 그 귀환동포로 차 있었다. 아버지가 끌고 들어왔기 때문이다. 이들은 아버지의 소개로 광산에서 일하고는 했는데, 그 가운데는 아버지한테서 살림밑천을 꾸어 가지고 줄행랑을 쳐, 몇 달씩 월급을 못 타 오게 만드는 사람도 없지 않았다.

"무슨 사정이 있겠지. 설마 떼어먹기야 할라고!"

아버지는 인정만 많은 것이 아니라, 남을 철저하게 믿기도 했다.

거듭된 실패도 아버지를 광산에서 손을 떼게 하지는 못했다. 아버지는 건넌방에 묶었던, 북한에서 평생을 광산에서만 살았다는 월

남한 피난민의 권유로 다시 연상이 되었다. 또다시 밭 한 뙈기 파는 것으로 손을 들고 만 뒤에는, 그 사람의 충동질로 금 분석에 손을 댔다. 사랑채에 딸린 헛간에다 원시적인 연금시설을 해놓고 수은을 이용해서 금에서 불순물을 제거하는 일이었는데, 금의 암거래가 극도로 심하던 시대이므로 쏠쏠히 재미를 보는 듯했다.

그러나 수은은 독성이 말이 아니게 심했다. 헛간 옆의 오얏나무가 죽고 개나리가 죽었다. 집 안에는 줄곧 코를 찌르는 독한 냄새가 배어 머리가 띵했다. 이러다간 돈 벌기 전에 집안 식구 모두 병들어 죽겠다고 어머니가 걱정했지만, 이 일을 아버지는 한 해 더 계속했다. 그동안 혼전만전했지만, 전에 금광을 하다가 팔아먹은 땅은 끝내 찾지 못했다.

시설을 갖춘 회사가 금 분석을 독점한 뒤 집 안에서 원시적으로 하는 사람들에게는 그것을 못하게 하자, 이번에는 화약 장사를 시작했다. 그것 또한 건넌방의 월남한 피난민과 함께였다. 그때까지만 해도 구경도 힘들었던 트럭에 실려 온 화약은, 보관할 데가 마땅찮아서 윗방이고 광이고 빈 공간이면 어디든지 쌓였다. 심지어 안방 윗목을 육중한 화약 상자가 차지하고 있는 때도 더러 있었다.

광산 경험이 있는 고모부가 이것을 보고 기겁을 했다. 잘못하다간 집이고 식구고 콩가루가 되어 날아간다는 것이었다. 아버지는 심지만 집에 두고 화약 상자들은 동네 바깥에 있는 빈집으로 옮겼다. 갑자기 단속이 들이닥친다는 연통이 와, 심지를 아궁이마다 넣고 때는 바람에 한겨울에 문을 열어놓고 잔 일도 있다. 그 일도 한두 해 했던 것으로 기억되는데, 아마 아버지는 그것으로 돈을 꽤 모았던 모양이다.

  이어 손을 댄 것이 광석을 찧어 금을 가려내는, 수력을 이용한 금방아였다. 그러나 그 금방아에서 아버지는 그다지 재미를 보지 못했다. 일도 일이었지만 동업자끼리 뜻이 맞지 않은 것이 더 큰 원인이었다. 한 해를 못 견디고 권리를 다른 동업자에게 헐값으로 넘기는 일을 마지막으로 아버지는 광산 미련을 버리지 않았나 싶다. 그 뒤로 나는 우리 집에서 광부들이 들끓는 것을 보지 못했다.

  아버지는 술도 몹시 좋아했다. 광산이 가까이 있는 장터에는 색시를 둔 술집이 여러 군데 있었는데, 저녁이면 그중 한 집에서 아버지의 목소리가 들리고는 했다. 술을 좋아하다보니 날마다 집에 늦어서야 들어왔지만, 본디 자존심이 강하고 말이 없는 어머니는 한 번도 잔소리를 하지 않았다.

  아버지가 함께 나들이를 갔다가 술에 곯아떨어진 술집 색시를 업고 들어왔을 때도, 어머니는 말없이 아버지를 위해 술국을 끓이고, 할머니만이 "집안이 망할라니까 별꼴을 다 본다"고 고래고래 소리를 질렀다. 이날 나는 커서 절대로 술을 입에 안 대리라 마음먹었다. 하지만 나는 이 맹세를 어기고, 고등학교를 졸업하기도 전에 술을 배우고 말았다. 아마 우리 집엔 술 잘 먹는 내력이 있었던 것 같다.

  술을 좋아하니까 친구들도 많았다. 아버지는 늘 친구들과 어울려 다녔다. 밖에서 술을 마시지 않는 날엔 친구들을 집으로 끌어들였다. 어머니는 한 번도 귀찮은 내색을 하지 않았지만, 나는 노골적으로 심통을 부렸다. 장터의 양조장까지 주전자를 들고 뻔질나게 드나드는 일이 싫었던 것이다. 게다가 늘 외상이었다.

그러고 보니 아버지는 외상을 몹시 좋아했는데, 이는 광산에 관계하며 '간조 날' 몰아서 셈하는 버릇이 붙은 탓인 듯하다. 하지만 외상을 지고도 제날짜에 잘 갚지 않아 집까지 빚쟁이들이 뻔질나게 드나들었다. 나를 시켜서 하는 자잘한 외상은 외상 축에도 들지 못하는 것들이었다. 어머니가 삯바느질해서 장롱 속에 꼬깃꼬깃 숨겨 두었던 돈을 꺼내 외상값을 갚는 것을 보고서 나는 앞으로 절대로 외상을 지지 않겠다고 다짐을 했었다. 이 다짐은 지금까지도 지켜지고 있다.

술도 그렇지만, 아버지가 마작을 좋아하는 것은 정도가 지나쳤다. 마작 때문에 빚도 졌으며 몇 푼 안 되는 우리들의 중학교, 고등학교 등록금을 제때에 못 낸 것도 한두 번이 아니었다. 아버지를 보면서 나중에라도 결코 노름에 손을 대지 않겠다고 맹세했는데, 그 덕으로 나는 요즈음 그 흔한 고스톱도 할 줄 모른다.

술도 좋아하고 노름도 좋아했지만, 아버지가 가장 좋아한 것은 사람이었다. 늙고 젊고 귀하고 천하고 남자고 여자고, 가리지 않고 좋아했다. 이렇게 사람을 좋아하다가 덕을 본 일도 한두 번이 아니다.

장터에는 아버지보다 열 살쯤 아래인 한 망나니가 있었다. 아무도 그를 사람으로 상종해주지를 않았지만, 아버지는 더러 길에서 만나면 집으로 끌고 들어와 얘기도 하고 술도 먹였다. 그러면 할머니는 "그것도 사람이라고 데리고 횡설수설한다"고 나무랐지만, 아버지는 "알고 보면 그 아이가 바탕이 얼마나 착한지 모른다"며 감쌌다.

그 뒤 그는 얼마 안 가서 국방경비대에 입대했다. 그리고 6·25 전쟁 뒤 금의환향을 했는데, 어깨에 총을 메고 있었다. 술을 마시자 그는 지난날 괄시받던 일에 보복이라도 하듯 행패를 시작했다. 장거리의 가게를 두드려 부수고 함부로 공포를 쏘아댔다. 경찰관들이 군인에게 쥐여지내던 전쟁 때의 일이어서, 아무도 감히 말릴 엄두를 못 내고 있었다.

어떻게 알고 달려간 아버지가 다짜고짜 귀싸대기를 올려붙였다. 그러고는 "나는 너를 그렇게 보지 않았는데, 알고 보니 매우 몹쓸 놈"이라고 호령을 했다. 이내 그는 잠잠해지고, 이윽고 아버지에게 이끌려 술집으로 들어가는 것으로 소동은 가라앉았다. 아버지를 자랑스럽게 생각한 것은 그때가 태어나서 처음이었다.

자식들이 상급 학교로 진학하자 아버지는 쪼들리기 시작했다. 한둘까지는 견뎌낼 만했으나, 자식들이 자그마치 여섯이었다. 고등학교까지는 그래도 봉급 타서 아이들을 가르치고 농사지어 밥 먹이는 일이 가능했지만, 내가 대학에 들어갈 때는 등록금을 마련하느라 땅을 팔아야 했다.

동생까지 대학에 들어가자, 아버지는 땅을 팔아가지고도 학비를 댈 수 없음을 깨달았다. 아버지는 직장을 내놓았다. 퇴직금으로 장사를 한다는 것이었다. 면허를 가진 사람과 동업으로 약방을 했다. 그러다 퇴직금은 말할 것도 없고, 남은 땅 몇 마지기마저 날려버렸다.

6남매 가운데 아래 셋은 중학교도 못 다닐 형편이었다. 그 통에 아버지는 중병이 들어 예닐곱 달쯤 꼬박 앓았다. 병이 나아 다시 직장도 얻고 일도 했으나, 고작 몇 년이었다. 아버지는 다시 병이 들었다. 중풍이었다. 병이 들어서도 아버지는 사람을 좋아했다. 누가 찾아오기라도 하면 불편한 몸을 일으켜 세우고는, 안 돌아가는 입으로 세상의 온갖 이야기를 다 하고 싶어했다.

나는 요즈음, 그때 아버지의 말동무가 되어주지 못한 일이 후회된다. 그러나 다시 닥치면 여전히 그렇게 하지 못할 것 같다.

가슴을 열어 주셨군요 고맙습니다
윤석정 율컥

자기 자식을 알고 있는 사람은 현명한 아버지다.
― 윌리엄 셰익스피어 (16세기 영국의 대문호)

아버지 같은
아버지가 되기 위해

송 자

마지막까지 마을 사람들이나 집안사람들을 도와주라고 부탁하던 인자한 우리 아버님은 평범한 시골 면장이셨다. 그러나 누구보다도 이웃을 사랑하고 더불어 살 줄 아는 훌륭한 시민이셨다. 그러기에 6·25전쟁 때, 공직에 계시면서도 공산당원들에게 봉변을 당하지 않고 무사하실 수 있었을 것이다.

한국싸이버대학교 총장 · 대교 대표이사 회장 · 자유기업원 이사장

1936년 대전 출생. 대전고등학교를 거쳐 연세대학교 상학과를 졸업했다. 워싱턴 대학교 세인트루이스교 경영대학원에서 경영학석사와 박사 학위를 취득했다. 고려대학교에서 명예법학박사 학위를 받았다.
연세대학교와 명지대학교 총장을 거쳐, 교육부 장관을 역임했다.
신산업경영인 경영문화대상·조세의 날 은탑산업훈장·국민훈장 무궁화장을 수훈했다.

송 자

아버지 같은 아버지가 되기 위해

　　　　　　　나는 섭섭하게도 아버님과 찍은 사진이 한 장도 없다. 그러나 아버님을 생각하면 가장 먼저 떠오르는 것이 어릴 적 우리 집 안방에 걸려 있던 사진이다. 아버님이 세 살배기 나를 안고 형이 옆에 서 있는 사진인데, 셋이서 빙그레 웃고 있는 모습은 지금 생각해도 멋진 작품이었다.

　지금부터 67년 전에 찍은 사진이었으니, 지금 있어도 그것은 빛이 다 바랬을 것이다. 그나마 6·25를 거치면서 다 없어졌다. 그 뒤 1960년 유학 갈 때 김포공항에서 가족들과 추위에 벌벌 떨면서 카메라 앞에 선 것 같은데, 사진을 찾을 수 없다. 요즈음처럼 휴대전화로 사진을 찍는 시대라면 물증이 남아 있겠지만, 우리 세대만 해도 부모님과 사진을 찍는 것은 집안의 큰 행사가 아니면 힘들었다.

　나는 어려서부터 아버지와 어머니의 영향을 거의 똑같이 받고 자랐다고 생각한다. 아버님이 그만큼 우리들에게 관심을 많이 가지고 계셨기 때문이다. 학교에서나 집에서나 우리들이 무엇을 하고 있는지 항상 관심을 보이셨다.

아버님을 추억할 때 처음 떠오르는 모습은 항상 웃음을 보여주시던 인자함이다. 나는 우리 아버님이 화를 내신 모습을 전혀 기억할 수 없다. 우리들이 잘못을 했을 때에도, 웃으시면서 "그렇게 하면 이래서 안 된다"고 그 이유를 설명하시는 것이 꾸중이었다. 친구들이 종아리를 맞는 것을 여러 번 봤는데, 우리 형제들은 그러한 것을 집안에서 본 일이 없다.

우리들에게만 그렇게 하신 것이 아니다. 집안에서 일하는 사람들에게나, 면장 시절 면에서 일하는 분들에게도 큰소리를 내셨다는 이야기를 들어본 적이 없다. 모두들 웃으면서 사시는 아버님의 모습에 대하여 좋은 말씀들을 많이 하셨다. 그러나 집안 어른들은 가끔씩 "너무 그렇게 좋게만 대하지 말고, 혼내줄 때는 혼내주라"고 주문하시는 경우도 있었다.

아버님은 자기가 손해를 보시면서도 이웃을 돕는 일에 정성을 다하신 분이다. 면장이라는 직책 때문에 그러셨다고 할 수도 있겠지만, 아버님은 집안일도 거의 모두 손수 처리해 나가셨다. 종손인 큰아버님이 계신데도, 형님이 하실 일까지 직접 뛰어다니면서 집안 어른들과 집안의 대소사를 이끌어 가셨다.

농사일을 한 분들의 품삯을 계산하는 데도 언제든지 일꾼들에게 유리하게 셈을 치르셨다. 할머니께서 종종 품삯을 너무 많이 준다고 아버님께 언짢은 말씀을 하시는 것을 보았다. "그렇게 농사지어 무엇이 남느냐"고 걱정하시던 할머님의 모습과, 그래도 웃으면서 "괜찮다"고 하시는 아버님의 모습이 지금도 내 머릿속에 겹쳐 있다.

그 연세의 어른들이 다 그러시겠지만, 아버님은 손님 접대를 절대로 소홀히 하지 않으셨다. 지금은 상상할 수도 없는 일이지만, 면장 집도 양식이 모자라 죽을 먹기도 했고, 죽도 없을 때도 있었다. 나이 어린 우리들은 그 까닭을 잘 몰랐지만, 할머니와 어머니가 호박을 잡수시던 모습이 떠오른다. 그렇게 어려운 상황에서도 손님이 오시면 꼭 후한 대접을 해야 한다는 것이 아버님의 생각이셨다.

나는 지금도 할머님과 아버님이 손님 대접 때문에 걱정하시던 모습을 기억한다. 기별도 없이 오시는 집안 손님들 역시 아버님의 성격을 아셨던 듯싶다. 먹기가 힘들 때, 면장 집에 가면 무언가 있을 것이라고 믿으셨던 것 같다. 아버님의 이러한 모습은 마지막 말씀에서도 엿볼 수 있다.

아버님께서는 돌아가시는 마당에서도 "문상객들을 소홀히 대접하지 마라"고 당부하셨다. 나는 발인 때 문상 오신 손님들에게 "대접을 잘해드리라고 하셨는데 그렇게 되었는지 모르겠다"고 인사했다. 눈 감을 때까지 남을 배려하신 착하고 훌륭한 분이셨다.

아버님이 나 때문에 가장 기뻐하신 일은 중학교·고등학교·대학교를 내 힘으로 큰 어려움 없이 합격했을 때인 것 같다. 우리는 모두 시험을 쳐야 입학이 됐기 때문에 부모님들이 걱정을 많이 하셨다. 미국에 가게 되었을 때는 "우리 면에서 처음 난 미국 유학생"이라며 면 사람들이 한턱내야 된다고 하여, 아버님이 큰 잔치를 베풀었다는 이야기를 형님으로부터 들었다.

　박사학위를 받자마자 나는 미국에서 대전으로 전화통화를 신청했다. 교환원은 나흘을 기다리라고 했다. 그래서 대신 편지를 썼는데, 아버님이 정말로 흡족해하셨다고 한다. 완고한 유교 가문에서는 희로애락을 표시하면 안 되는데, 아버님도 점차 개화하셨던 모양이다. 자식들이 열심히 살아가면서 잘 풀리는 것이 좋으셨던 것 같기도 하다.

　세상에 완전한 사람은 없으니, 우리 아버님도 예외는 아니라고 생각한다. 아버님이 돌아가신 나이에 접근하게 되면서 아버님 생각이 더욱 간절한 것이 나의 솔직한 심정이다. 가장 아쉬운 것은 '조금만 더 사셨더라면 우리 아버님도 비행기도 타보시고, 세상 여행도 하셨을 텐데…' 하는 것이다.

　나는 우리 아버님은 정말 오래 사실 줄 알았다. 일찍 가신 것이 몹시도 섭섭하다. 어려운 때에 태어나시어 고생만 하시다 가신 것 같아, 대단히 미안하고 죄송스럽다. 그러나 마지막 편찮으실 때 내가 병원에 모시고 다닌 것이 조금은 위로가 된다.

　마지막까지 마을 사람들이나 집안사람들을 도와주라고 부탁하시던 인자하신 우리 아버님은 평범한 시골 면장이셨다. 그러나 누구보다도 이웃을 사랑하고 더불어 살 줄 아는 훌륭한 시민이셨다. 그러기에 6·25전쟁 때, 공직에 계시면서도 공산당원들에게 봉변을 당하지 않고 무사하실 수 있었을 것이다.

　자랑스럽고 존경스러운 우리 아버지 같은 아버지가 되기 위해, 나는 오늘도 하나님께 도움을 요청하는 기도를 한다.

가정교사에서
정책 제안자까지

고 건

꼿꼿함과 여유로움을 함께 지니셨던 아버지는 대나무를 닮았다. 내 어린 시절, 연희전문에서 철학을 가르치시던 아버지는 자상한 가정교사였다. 바둑은 옆 사람이 수를 더 잘 본다면서, 아버지는 충실한 모니터와 정책 조언자의 역할도 도맡아주셨다. 그 속에는 좋은 정책 제안이 가득 담겨 있었다.

환경포럼 공동대표 · 국제투명성기구(TI) 자문위원

1938년 서울 출생. 경기고등학교를 졸업하고 서울대학교에서 정치학을 공부했다. 원광대학교와 시라큐스 대학교에서 명예법학박사 학위를 받았다.

고등고시 행정과에 합격한 뒤 교통부·농수산부·내무부 장관을 지낸 "행정의 달인"이다. 관선과 민선으로 서울시장을 두 번 지냈고, 국무총리를 두 차례 역임했다. 그 사이에 명지대학교 총장으로도 재직했다.

청조근정훈장·홍조근정훈장·TI 선정 "올해의 세계청렴인상"·몽골의 북극성훈장 등을 받았다.

고 건

가정교사에서 정책 제안자까지

낙산에는 계절의 빛깔이 완연한데, 창밖의 대나무 잎만은 언제나 변함이 없다. 아버지 서재 옆에 있던 것을 돌아가신 뒤 옮겨 심었는데, 바뀐 환경에서도 잘 자라는 것이 그렇게 고마울 수가 없다. 창밖의 대나무를 내다보며, 옥색 두루마기에 흰 수염을 날리시며 손자 손을 잡고 대학로 호프집을 찾으시던 아버지를 회상한다. 꼿꼿함과 여유로움을 함께 지니셨던 아버지는 대나무를 닮았다.

내 어린 시절, 연희전문학교에서 철학을 가르치시던 아버지는 자상한 가정교사였다. 사물에 호기심을 키우도록 나를 항상 부추기셨다. 그래서 학교에서 손들고 선생님에게 질문한다는 것이 그만 "아버지―" 하고 운을 떼, 급우들의 놀림감이 되기도 했다.

아버지는 당신의 생각을 내게 강요하지 않은 대신, 애정 어린 원격지도를 통해 내가 바른 길을 가도록 보살피셨다. 홍릉 숲으로 산보 나오셨다가, 대학생이 되어 난생 처음 데이트하는 아들을 보고도 못 본 체 지나쳐주신 분이다. 서울 문리대 시절, 필수과목이라 할 수 없이 아버지의 철학개론을 들었는데, 열심히 공부했어도 B학점밖에 안 주셨다. 그러신 분이, 학생회장이 되어 필화사건으로 폐간되었던 교지를 다시 낼 때에는 직간접으로 도움을 많이 주셨다.

대학을 마칠 무렵 4·19가 터졌다. 그 이후 한동안 아버지와 나는 힘든 시절을 겪었다. 전북대 총장이시던 아버지는 야당정치인으로 변신해 군정반대 선봉에 섰다가 옥고를 치르고, 국회의원이 되어 윤보선 야당후보 아래 정책위원장과 사무총장을 맡았다.

나는 나대로 고등고시에 합격해 공무원의 길로 들어섰지만, 야당 선봉이었던 아버지 때문이었는지 3년 반 동안 보직을 받지 못하고 힘든 초년시절을 보냈다. 그 덕에 정치와 행정의 야합에 대한 거부감을 키웠고, 일로 승부한다는 자세를 익혔다.

6대 국회의원을 끝으로, 아버지는 정치를 떠나 철학연구에 복귀하셨다. 나 역시 본격적인 전문행정가의 길로 들어섰는데, 아버지는 이를 자신의 뜻을 펼치는 한 방편으로 여기신 것 같다. 아버지는 친척들에게 청탁금지령을 내리시고, 내게는 공직 삼계(三戒)를 내려주셨다. '누구 사람이라고 낙인찍히지 마라. 남의 돈 받지 마라. 술 잘 먹는다고 소문 내지 마라'는 지침이 그것이었다.

누구 사람이라고 낙인찍히지 말라는 것은, 이미 강성 야당정치인의 아들로서 정부에 들어간 터라 선택의 여지가 없는 훈계였다. 실력 아니면 설 자리가 없었다. 그래서 맡은 일에 몸과 마음을 다 바친다는 자세가 내게는 제2의 천성이 되었다. '지성이면 감천'(感天)이라고 했다. 나는 '감천'까지는 못가도 '감민'은 할 수 있어야 한다는 생각에서 '지성감민'(至誠感民)을 좌우명으로 삼았다.

돈 받지 말라는 것은, 사실 말처럼 그렇게 지키기 쉬운 덕목이 아니다. 30대 후반 젊은 나이에 도지사로 부임하게 되자 아버지는 친지, 가족들의 도움을 받아 매달 얼마간의 판공비를 보내주셨다. 돈도 도움이 되었지만, 여기에 담긴 아버지의 당부가 항상 새롭지 않을 수 없었다. 소신 있게 일하기 위해서는 청렴이 기본조건이다. 국보위에 반대해 서슴없이 사표를 던질 수 있었던 것도, 수서특혜를 종용하는 청와대의 압력에 끝까지 버틸 수 있었던 것도 아버지 덕으로 청렴을 유지할 수 있어서 가능했던 일이었다.

공직 삼계 가운데 세 번째 계율만은 제대로 지키지 못했다. 아버지로부터 물려받은 DNA 탓이다. 사실 나에게 술을 가르쳐주신 분도 아버지다. 와우산 아래에서 아버지가 친구, 제자들과 술자리 담론을 즐기는 것을 보고 자란 나 또한, 직원들과 소주자리에서 격의 없이 대화를 나누는 것을 좋아한다. 위아래가 분명한 공직생활 중, 직원들의 진솔한 얘기는 사무실이 아니라 이런 소주자리에서나 들을 수 있기 마련이다.

그래서 나는 아버지가 주신 세 번째 계율 대신, 새 계율을 자작해 지키려고 노력하고 있다. 매일 매일 새로워진다는 '일일신'(日日新)이다. 온고(溫故)는 하되, 지신(知新) 역시 게을리 해서는 안 된다는 뜻이다. 세 번째 계율을 이렇게 대체한 데 대해서 아버지는 묵시적으로 동의하신 것 같다. 아버지 스스로가 항상 새로운 공부거리와 취미를 찾으셨으니 말이다.

 바둑은 옆 사람이 수를 더 잘 본다면서, 아버지는 충실한 모니터와 정책 조언자의 역할도 도맡아주셨다. 공보관실에서도 빠뜨린 기사를 꼬박꼬박 스크랩해 보내주셔서 담당자들을 긴장하게 만드는가 하면, 원고지 뒷면을 깨알 같은 글씨로 가득 채운 '가신'(家信)도 자주 보내주셨다.
 그 속에는 좋은 정책 제안이 가득 담겨 있었다. 빈곤의 세습을 막으려면 영세서민의 자녀들에게 기능교육을 잘 시켜야 한다는 지적

겨울 내장산을 찾은 필자의 아버지 고형곤 박사.

에 시립 기능훈련원을 개설해 운영하기도 했고, 장애인 대책을 하도 강조하셔서 수화를 배우기도 했다.

돌이켜보면 아버지는 높은 정신세계 속에서 유유자적한 분이셨다. 한때 정치인으로 변신하기도 하고, 한국철학회를 창립해 초대 회장을 맡기도 하는 등 현실에 참여하시기도 했으나 마음은 내내 철학의 세계에 머물러 있으셨던 듯싶다. 실존철학을 한국 철학계에 처음 심어주셨고, 아울러 불교의 선(禪) 사상에 심취해 이 둘을 사상적으로 잇고자 하셨다. 학술원상을 받으신 『선의 세계』는 '하이데거의 실존철학을 불교의 선 사상으로 용해시킨 저작'이라는 평가를 받고 있다. 내장산 암자에 칩거하시면서 완성시킨 책이다.

아버지와 달리 나는 엄격한 공직자의 자세로 일생을 살았다. 그러나 아버지가 추구하셨던 정신세계의 일부는 이해할 수 있을 것 같다. 하이데거와 불교철학, 참선과 모차르트. 혹시 아버지는 서로 상반되어 보이는 것 속에서 조화를 얻으려고 하셨던 것이 아닐까?

항상 이쪽 아니면 저쪽으로 쏠리기 쉬운 사람의 마음과 세상의 흐름 속에서 중용과 평형을 찾아내고, 화이부동(和而不同)하며 원융회통(圓融會通)을 이루는 것 — 이런 마음가짐 속에서 나와 만년의 아버지는 무언으로 통했다. 조화와 중용의 정신이야말로, 남다른 건강과 함께 아버지로부터 물려받은 큰 자산이라고 생각한다.

시간이 흐르고 난 후에야
알았습니다 대부분이
나의 그릇이 작았기 때문에
생긴 일들이었습니다

어머니는 우리 마음속에 온화함을 주고,
아버지는 지혜의 빛을 준다.
― 장 파울 (18~19세기 독일의 소설가)

행복한 유전자

강석진

평생을 기본과 원칙을 지키며 사셨던 아버지는 드물게 음악과 예술을 좋아하셨다. 내가 30대 초에 그림을 그리기 시작하여, 30여 년간 경영을 하면서도 화가로서 미술활동을 열정적으로 할 수 있었던 것은 전적으로 아버지로부터 물려받은 유전적 영향일 것이다.
기본과 원칙을 지키는 삶의 신조 역시 부모로부터 물려받은 가장 소중한 정신적 자산이다.

강석진

서강대학교·이화여자대학교 겸임 교수·
서양화가·CEO컨설팅그룹 회장·한국경
영자총협회 고문

1939년 경북 상주 출생. 중앙대학교 경제
학과를 졸업한 뒤 연세대학교 대학원에서
경영학 석사 과정을 마쳤다. 하버드 MBA
과정을 수료했다.
한국제너럴일렉트릭(GE) 사장과 회장을 역
임하며 연매출 4조원이 넘는 회사로 키웠다.
교육부 BK21(21세기 지식한국) 추진위원·
서울대학교 초빙교수·세종대학교 경영대
겸직교수로도 활동했다.
한국미술협회 등의 예술단체에서 활동하
며 서울경제신문 주최 명사미술전·강석진
전을 통해 미술작품을 선보였다.
『당신의 운명을 지배하라』『잭 웰치와 GE
방식』을 옮겼고 『GE 신화의 비밀』을 저
술했다.

행복한 유전자

　　　　　　　나의 아버지는 평생을 교육에만 몸 바치신 분이다. 나는 아버지께서 교장선생님으로 재직하시던 경북 상주군 화북초등학교 사택에서 태어났다. 속리산의 문장대가 바라보이는 산골마을이었다.

　아버지는 상주군 출신으로 일제시대 명문 대구사범학교를 졸업한 두 분 가운데 한 분이셨다. 고향의 여러 초등학교와 가까운 김천군(지금의 김천시)의 초등학교 교장으로 여러 차례 전근을 해서, 일곱 명의 아들에 딸이 하나였던 우리 가족은 그때마다 아버지를 따라 이사를 다녔다. 재직 학교의 교장 사택이 바로 우리 집이었다.

　새로 발령받은 학교로 이사할 때는 보통 목탄을 때서 움직이는 트럭에 이삿짐을 싣고 가고는 했다. 목탄 트럭이 시냇물을 건너다 시동이 꺼져 움직이지 못하게 되자 주변 마을 사람들이 몰려와 밧줄로 차를 묶어 끌어냈던 적도 있다.

그 당시 우리 사회는 학교의 선생님을 교정 안에서 뿐만 아니라, 우리 사회의 스승처럼 존경했던 시절이었다. 교장선생님이던 아버지는 그 지방에서는 가장 존경받는 대상 가운데 한 분이셨다. 가끔 아버지를 따라 인근 마을들을 찾아가면 동네의 어른들이 아버지를 깍듯이 예우하면서 인사를 했던 기억이 난다. 성인이 된 뒤에도 명절을 맞아 고향의 어른들께 인사를 드리면, 그분들은 "교장선생님 자제 아니신가" 하며 나를 반겨주셨다. 그 어른들은 내 이름 석 자보다는 "교장선생님 자제"로 나를 기억하고 있었다.

아버지께서는 그 당시에는 드물게 음악과 예술을 좋아하셨다. 특히 클래식 음악을 선호하셨다. 우리 집에는 그때만 해도 보기 힘들었던 미국제 빅터 브랜드의 축음기와, 베토벤 교향곡을 비롯한 다양한 클래식 음반이 비치돼 있었다. 여러 장의 음반을 세트로 묶은 춘향전과 심청전 등, 우리의 전통음악 음반도 있었다.

밤이 되면 우리 집 마당은 동네 사람들의 간이 음악 감상실로 변했다. 여름날 온종일 뜨거운 햇볕 아래 논밭에서 구슬땀 흘리고 돌아온 마을 사람들은 저녁 바람이 서늘해질 무렵 우리 집 마당으로 모여들었다. 빙 둘러 멍석을 깔고 함께 앉아 쉴라치면 어머니께서는 동네 사람들에게 먹을거리를 만들어주셨고, 네다섯 살이던 나는 마루의 축음기에 판을 올려놓았다.

순박한 마을 사람들은 심청의 애달픈 사연과 춘향의 가슴 아픈 사랑 이야기를 들을 때마다 몇 번이고 눈물을 흘리면서 감탄을 하곤 했었다. 그러나 베토벤을 틀어드리면 마을 사람들은 이상하고

시끄러운 음악이라고 좋아하지 않았다. 그때는 나 역시 서양 고전 음악들이 이해가 되지 않았다.

당시의 축음기는 손으로 스프링 테이프를 감아야 음반이 회전되는 방식이었다. 회전하는 음반에 닿아, 소리의 진동을 전달하던 바늘은 금세 닳아버렸다. 그래서 축음기를 틀 때면 나는 늘 숫돌에 바늘을 갈아서 다시 끼워야 했다.

내가 기업의 임원으로 활동하던 30대 초에 그림을 그리기 시작하여, 30여 년간 경영을 하면서도 화가로서 미술활동을 열정적으로 할 수 있었던 것은 전적으로 아버지로부터 물려받은 유전적 영향일 것이다. 외국어고등학교를 다니던 우리 딸 민정이 역시 졸업을 불과 한 해 앞둔 어느 날 갑자기 대학 진로를 인문계에서 예능계로 바꾸겠다고 했다.

실기시험은 여러 해에 걸친 미술공부가 필요했기 때문에 담임선생님과 아내는 막바지에 진로를 바꾸는 것을 강력히 반대했다. 그러나 딸은 끝까지 예능계를 선택하겠다고 고집했다. 결국 민정이는 자기주장대로 예능계를 선택했다. 불과 10개월 남짓한 기간에 학원에서 실기를 연마한 뒤, 희망대로 이화여대 예능학과에 우수한 성적으로 입학했다.

데생공부를 배우기 시작한 지 몇 개월 지나지 않아, 나는 민정이가 데생한 작품을 보고 놀랐던 적이 있다. 짧은 시간에 믿을 수 없는 수준에 도달했기에 학원의 지도교사들도 놀랐다고 한다. 민정이의 성장 또한 할아버지로부터 물려받은 예술적인 유전자 덕분이라고 생각한다.

내가 네댓 살쯤 되던 때의 일일 것이다. 하루는 아버지가 친구분들과 함께 그 당시 교장으로 근무하시던 화북초등학교에서 몇 십리나 떨어진 충북의 화양계곡까지 여름 나들이를 가셨다. 물론 걸어서였다. 그때 어린 나를 데리고 가서서, 깨끗한 계곡물에서 잡은 민물고기로 끓인 매운탕을 땀을 뻘뻘 흘리며 먹었던 기억이 새롭다.

아버지는 지방 유지였던 친지들과 술자리를 베풀며 친목을 나누시는 일을 자주 하셨다. 그런 자리에도 가끔 어린 나를 불러, 어른들 뒷자리에 앉아 있으라고 했다. 아버지와 친지들 사이에 잔이 돌아갈 때면 뒤에 조심스레 앉아 있는 나에게도 한 잔 따라주시고는 했다.

어린 시절 어른들의 곁에서 조심스럽게 배운 음주 예법은, 지금까지 아무리 술을 마셔도 주정을 하지 못하는 음주 예의로 내 몸에 배어 있다. 음주의 예의와 자세는 어떤 환경에서 누구에게 처음 술을 배웠느냐에 따라 달라지는데, 이것은 평생을 가는 습관이라고 한다.

고조할아버지로부터 3대를 독자로 내려온 우리 가문이 아버지 대에 들어서서 여덟 명의 자녀를 두었다. 아버지를 중심으로 8남매가 둥그런 대형 식탁에 둘러앉아 아침식사를 하는 모습은 그 시대에도 그야말로 장관이었던 모양이다. 가끔 마을의 어른들이 여덟 명의 자녀들이 상을 가운데 두고 아버지와 안방에서 식사하는 모습을 구경하러 오신 적도 있다.

아버지는 평생을 기본과 원칙을 지키며 사셨던 분이다. 지금 생각하면 아버지와 어머니는 법 없이도 사실 만한, 그런 분이셨다. 어머니는 이웃이나 남을 도울 수 있는 일이라면 무엇이든 기꺼이 베푸셨다. 그 당시 우리 집에는 미국제 싱거 재봉틀이 있었다. 어머니께서는 주변 마을에 단 하나뿐이었던 그 재봉틀로 동네 사람들의 헌옷을 고쳐주는 일을 기꺼이 도맡아 하셨다.

언제나 밝고 편안한 미소로 사람들을 대하셨던 어머니, 단 한 번도 화를 내는 모습을 보여주신 적이 없던 어머니는 평생을 가장 착한 마음으로 사셨던 분이다. 내가 기본과 원칙을 지키는 것을 삶의 신조로 지키면서 지금껏 정신적인 자유를 누리며 살아올 수 있게 된 것은 부모로부터 물려받은 가장 소중한 정신적 자산이다.

우리 집안의 여덟 형제자매들은 이러한 아버지와 어머니의 삶으로부터 물려받은 기본을 지키면서 사는 것을 커다란 덕목으로 여기고 있다. 아버지처럼 교육자로서 평생을 보내신 큰 형님도 남에게 한 번도 피해를 끼쳐본 적 없이 가장 도덕적인 삶을 영위하고 있다.

몇 해 전, 기본과 원칙을 지키는 것을 삶의 기본으로 삼겠다는 사람들이 함께 모여 모임을 만들었다. 태평로 모임이라고 명명한 이 모임에는 여러 분야에서 사회의 지도적인 역할을 하고 있는 분들이 참여하여, 기본과 원칙을 지키는 정신을 우리 사회에 확산하는 것을 목표로 하고 있다. 나는 지금 이 모임의 공동대표 역할을 맡고 있다.

이른 아침에 일어나서 가끔씩 하시던 대로 장작을 패시던 아버지는 갑자기 뇌졸중으로 쓰러지셨다. 그 뒤 몇 해 동안 뇌출혈 병환을 치료하시다 교육자로서의 천직을 마감하고 돌아가셨다.

평생을 교육자의 자세, 스승의 정신으로 사셨던 아버지의 모습을 기억할 때마다 나는 오늘날의 교사들에게 하나의 간절한 바람이 있다. 자신들이 문자 그대로 스승이라고 불리어질 수 있도록, 선생님으로서 가르치는 직업을 자랑스럽게 생각하면서 긍지를 가지고 교단에 서주었으면, 하는 기대가 그것이다.

　오늘날 일부 선생님들이 스승으로서의 사회적 신분과 책임을 저버린 것처럼 비칠 때마다 나는 그것이 내 일처럼 가슴 아프다. "백년대계"인 교육의 발전과 혁신을 위한 노력보다 자신들의 집단이익과 정치적 이해관계를 따진다면, 그것 또한 안타까운 일이다. 우리 사회가 언젠가는 우리 아버지의 시대처럼 스승의 정신을 삶의 지표로 삼는 선생님들로 가득 찬 교육계에서 희망을 찾을 수 있기를 바라는 것이, 교육자의 아들인 나만의 소망일까.

초등학교 4학년 때 경북 금릉군 구성초등학교 뒷산에서 부모님과 찍은 사진. 한복판에 선 남학생이 필자다. 오른쪽은 누님, 왼쪽과 앞쪽은 동생 원석·영석·태석.

'너희 애비라는 사람은'

김채원

 "여관에서 울 수가 없어 바닷가에 나가 멀리 수평선 바라보며 한없이 울었지요"
나는 멀리 수평선 바라보며 한없이 울고 있는 한 남자를 떠올린다.
"너희 애비라는 사람은…"
아버지는 이상주의자였고, 그래서 현실과의 괴리가 유독 큰 분이었다고 어머니는 늘 말했다.

김채원

소설가

1946년 경기도 남양주시 출생. 이화여자대학교 미술대학 회화과를 졸업했다.
1975년 현대문학에 「밤 인사」가 추천되어 등단했다. 『겨울의 환』을 비롯하여 『봄의 환』, 『여름의 환』, 『가을의 환』 등 '환'(幻) 연작소설로 널리 알려져 있다.
이상문학상을 수상했다.
아버지는 시인이었던 김동환(巴人 金東煥·1901년~?) 선생. 파인은 1925년 장편서사시 「국경의 밤」을 발표해 문단의 주목을 끌었으나 6·25 때 납북됐다.
글 중에 나오는 어머니는 소설가 최정희(崔貞熙·1912년~1990년) 여사. 언니 김지원씨도 미국에서 소설을 쓰고 있다.

'너희 애비라는 사람은'

며칠 전 볼쇼이 합창단의 노래로 「남촌」이 라디오에서 흘러나왔다.

산 넘어 남촌에는 누가 살길래
저 하늘 저 빛깔이 저리 고울까.

이제껏 라디오에서 흘러나오는 아버지 작사의 노래를 많이 들어 왔건만, 그 순간 밀려든 감정은 어떻게 무엇이라고 표현할 길이 없었다. 지금 뒤돌아 다시 생각해 보아도 역시 그러하다. 아마도 아버지를 마음껏 그리워하자, 이런 마음이 저 속에서부터 솟구쳤던 것 같다.

그렇다면 평소 아버지를 그리워하지 못했던가. 그보다는, 내 안에 있던 아버지를 볼쇼이 합창단의 노래를 빌려 밖에서 다시 만난 순간이었다고 하는 편이 맞을 것 같다.

아버지에 대한 기억은 형체라기보다 아슴푸레한 어떤 기운으로 공기처럼 늘 내 안에서 감돈다. 완두콩 밭에서 완두를 따서 콩을 꺼낸 뒤, 연한 완두콩 껍질을 언니와 내 입에 넣어주던 그런 정경은 막연한 어떤 기운으로 감돌 뿐이다. 완두콩 껍질의 그 풀 향내와 맛. 세상은 온통 연두빛 천지이고 아버지는 흰 한복을 입고 있었다.

흰 한복에 어리던 연두빛이 선명히 기억되는 것 같으면서도 역시 형체는 없다. 그러나 아버지 작사의 노래를 들을 적에는 그 구절들이 가슴에 와 박히면서 내 안에 있는 아버지를 내 밖에서 어떤 형체로 만난다. 그럴 때 아버지의 형체는 더할 수 없는 매력이 있다.

손기정 선생이 마라톤에서 우승했을 때 아버지가 어머니에게 보낸 엽서에 쓴, "여관에서 울 수가 없어 바닷가에 나가 멀리 수평선 바라보며 한없이 울었지요" 같은 구절에서, 멀리 수평선 바라보며 한없이 울고 있는 한 남자를 떠올린다.

아버지는 이상주의자였고, 그래서 현실과의 괴리가 유독 큰 분이었다고 어머니는 늘 말했다. 이런 분이었다, 라는 식으로가 아니라 "너희 애비라는 사람은…" 하고 말하였는데, 이제 보면 그것은 북방 여자 특유의 어법이었던 것 같다. 무엇에 대한 자랑이 낯간지러운…

"공부를 잘할 필요 없다. 꼴찌에서 둘째쯤만 하면 된다." "아이들은 돈이라는 것을 모르게 하고 싶다." "한강변에 포도나무를 심어 지나가는 선남선녀들이 모두 따먹게 하자." 이런 말들에서 아버지가 꿈꾸던 세계를 감지한다.

광복 후 어느 봄날 창경원으로 아버지와 어머니, 언니(김지원)와 함께 가족 나들이를 했다. 모자를 쓴 오빠(맨 왼쪽)는 어머니가 영화감독 김유영씨 사이에서 낳았는데, 가족 나들이를 함께할 정도로 친하게 지냈다.

"아꾸, 아꾸!" 이런 말은 아버지 특유의 표현이다. 별로 잘나지도 못한 아이들이 아버지에게만은 너무 귀하고 예뻐서 저절로 나오는 소리일 것이다. 바로 그처럼 부모는 우리를 너무 가슴 아프게 한다. 마음껏 그리워하지도 못할 정도로…

아버지는 늘 시간이 필요하다고 말했다 한다. 과오를 씻고 그가 꿈꾸던 세계로 가기 위한 시간이 절실히 필요했던 것이리라. 그 꿈이 파묻힌 채 납북된 아버지.

아버지와 찍은 사진은 단 한 장뿐이다. 해방 이후 경기도 덕소에서 서울로 올라온 뒤, 어느 하루 아이들에게 창경원을 구경시켜주려 했던 것 같다. 몹시 말라 있는 어머니 아버지를 보면 그 당시 얼마나 힘들었는가를 알 수 있는데, 그러나 아이들에게는 그 시절이 낙원으로 기억되니 오묘한 조화다.

소년 시절 아버지는 아버지를 찾아 러시아 방랑길에 오른다. 아버지의 아버지는 한일합방을 비관하여 토지를 도청에 헌납하고 러시아로 떠나버렸는데, 그 당시 어렸던 아버지가 소년이 되자 아버지를 찾아 러시아 전역을 방랑하였다고 들었다.

그날 볼쇼이 합창단의 노래가 내게 특이한 순간으로 다가왔던 것은 러시아를 떠돌고 있던 그 소년을 떠올렸기 때문일 것이다. 그 소년이 커서 지은 시를 먼 훗날 그 나라 사람들이 부르고 있는 것에 대한 감회.

산 넘어 남촌에는 누가 살길래
해마다 봄바람이 남으로 오네.

아버지의 목소리

장사익

"아들아, 내가 갈 적에도 할아부지마냥 꽃상여 타고 가고 싶구나."
그날의 아버지는 천생 시인이셨다. 사실, 체구가 좋은 데다 호남이던 아버지는 우리 고향의 유명한 장구잡이였다. 명절이나 큰 경삿날에는 양장구 가락과 춤사위로, 우리 마을은 언제나 아버지의 독무대였다.

장사익

국악소리가

1949년 충남 광천 출생. 한국을 대표하는 소리꾼으로, 1980년 국악에 입문했다.

1999년 예술의전당 콘서트홀에서 세계적인 재즈그룹 살타첼로와 협연, 이듬해 같은 무대에서 헝가리국립오케스트라와 협연, 그 이듬해 세종문화회관 대극장에서 보스턴팝스오케스트라와 협연했다. 2002년 예술의전당 오페라하우스 세계무용축제 개막식, 2003년 KBS홀 제헌절 경축음악회에서도 공연했다.

전주대사습놀이 금산농악 장원을 비롯, KBS국악대상 대통령상·KBS국악대상 금상을 수상했다.

아버지의 목소리

고향 떠난 지 만 40년이 되었어도, 나는 가끔 고향 가는 열차만 보아도 가슴 설레는 마음을 기차에 싣고 만다.

내 고향 광천역 — 언제나 그곳엔 낡은 자전거를 받쳐놓고 몇 시간이고 자식을 기다리는 잠바 차림의 아버지가 계셨다. 성공하지 못한 초라한 자식이었지만, 내 손을 덥석 잡아주시던 따뜻한 손, 우리 아버지! 봄 여름 가을 겨울. 추워도 더워도, 기뻐도 서러워도, 가고 올 때마다 고향 광천역에는 아버지가 서 계셨다.

아버지 어머니가 돌아가신 뒤 고향 역에 내렸던 날은 눈물이 핑 돌아 앞을 볼 수가 없었다. 지붕이 뻥 뚫리고 하늘마저 허전하여 타향에 내린 듯하였다. 항시 받쳐 있던 자전거와 아버지의 모습은 보이지 않았고, 썰렁한 바람마저 불어 더욱 서러웠다. 언젠가 "부모님이 안 계시는 고향은 고향도 아녀"라고 나는 말했었다.

우리 고향 충남 홍성군 광천은 산과 물, 바다가 어우러지는 아름다운 고장이다. 서해안 젓갈로 유명세를 타고 있는 곳이기도 하지만, 이전부터 나는 늘 광천시장의 갯것 냄새에 익숙해져 있었다. 지금도 가끔 힘들고 지치면 고향에 내려가 장터의 맛난 갯것 냄새에 흠뻑 취하곤 한다. 그것이 나에게는 신선한 공기요, 삶의 산소이기 때문이다.

어릴 적 아버지는 가축 장사를 하셨다. 틈틈이 농사도 지으셨다. 가축 냄새를 아버지 냄새로 알고 있었기에, 나에게는 그 냄새가 마냥 정겨웠다. 장날의 해질녘이면 어김없이 동생과 둘이서 동네 어귀 다리목에서 아버지를 기다렸다. 기다려도 안 오시면 이곳저곳 주점을 기웃거리며 아버지를 찾기도 했다.

약주에 거나하게 취하신 아버지는 동생과 나의 손을 양손에 잡으시고 노을 지는 둑길을 흔들흔들 걸으시며 귀에 박힌 말씀들을 되풀이하셨다. 모두가 세상살이의 예의요, 교훈적인 말씀들이었으나, 수백 번 들어 이력이 난 나는 건성으로 "예, 예" 하며 집에까지 오곤 했다. 내 한 손에는 여전히 두툼하고 거친 아버지 손이 뿌듯했다.

한미한 살림살이였지만, 아버지의 자리는 늘 경계가 명확했다. 수건 한 장으로 아홉 식구 온 가족이 사용해도, 아버지가 닦으실 부분은 따로 남겨놓아야 했다. 어머니는 아무리 피폐한 흉년이고 보릿고개여도 한 줌의 흰쌀로 아버지 진지를 준비하셨다.

어머니 몰래 당신의 밥을 우리들에게 한 숟가락씩 덜어주시던 자상한 아버지. 혀끝에서 살살 녹던 쌀밥. 그것은 가난함 속의 넉넉함이고, 고단함 속의 행복이었다.

새벽녘 어머니와 세상살이, 살림살이의 고난스런 일들을 낮은 소리로 말씀하시며 담배를 푹푹 빨다가 한숨짓는 것을 듣기도 했다. 이불 속에서 마음속으로 간절히 비는 것 이외에, 나는 아무런 다른 방법을 알지 못했다.

'오늘 우리 아부지 장사 잘 되게 해주세유.'

동생과 나는 잠자리에서 아버지 품속을 서로 차지하려고 매일 밤 쟁탈전을 벌였다. 그러다 동생 쪽으로 돌아누우시면 큰 바위 같은 아버지 등 뒤에서 서러운 마음을 삭일 수밖에 없었다. 그런 밤에는 여지없이 잠을 설쳤고, 동생이 그렇게 미울 수가 없었다. 모처럼 아버지 품속에 안기면 희희낙락― 동생의 울음소리는 들리지도 않았다.

초등학교 5학년 음력 3월 초하루, 할아버지의 초상날. 집 앞 둑에는 화사한 벚꽃들이 찬란했다. 그 꽃길을 할아버지의 상여는 나비처럼 훨훨 춤추듯 날아갔다. 상복을 입고 아버지 뒤를 따르던 나에게 아버지가 귓속말을 했다.

"아들아, 내가 갈 적에도 할아부지마냥 꽃상여 타고 가고 싶구나."

그날의 아버지는 천생 시인이셨다. 사실, 체구가 좋은 데다 호남이던 아버지는 우리 고향의 유명한 장구잡이였다. 명절이나 큰 경삿날에는 양장구 가락과 춤사위로, 우리 마을은 언제나 아버지의 독무대였다.

타향을 떠돌다 명절이라고 모처럼 고향을 찾아가 아버지와 음조를 맞춘 기억을 나는 영원히 잊지 못한다. "아부지, 오랜만에 채 한

아버지와 찍은 사진 중 유일하게 남은 대천해수욕장에서의 한 컷이다.
왼쪽이 필자, 오른쪽은 아우다.

번 잡으시지요. 지가 새납 불 테니까요" 하자 아버지는 "그러까" 하면서 신명나게 장구를 치셨다. 그 장단에 나도 흥겹게 새납을 불어 재꼈더니, 우리 부자가 이 세상을 다 가진 듯하였다.

그러나 한 5분쯤이나 지났을까. "아이구, 힘들다. 옛날 겉지가 않구나" 하시며 아버지는 장구를 밀쳐내셨다. 그리고 얼마 뒤 불치병 판정을 받고, 그 이듬해 하늘로 가셨다.

철부지처럼 뒤늦게 새납 불고 노래한다고 나돌아 다녀도 아버지는 늘 내게 힘을 주셨다. 멀리 있어도 가족들의 따스한 마음은 자식이나 형제들이 하는 일에 엄청난 영향력을 발휘할 수 있는 모양이다.

처음 노래하던 날 아버지는 객석의 맨 앞자리에 앉아 무대를 지켜보셨다. 아버지의 앞에 선 것이 외람스럽고 당신의 밝은 귀가 두렵던 것도 잠시, 나는 그날 그냥 신나고 행복했다. 넓고 깊은 아버지 품속에서 좋은 양분 먹고 성장해서 오늘날까지 온 내가 세상 누구보다도 행복했다.

산 설고 물 설고
낯도 선 땅에
아버지 모셔드리고
떠나온 날 밤

애야! 문 열어라!
잠결에 후다닥 뛰쳐나가
잠긴 문 열어 제치니
찬바람 온몸을 때려
뜬눈으로 날을 샌 후
애야 문 열어라!

아버지 목소리 들릴 때마다
세상의 문을 열게 되었고—
아버지 목소리 들릴 때마다
세상의 문을 열게 되었고—

「아버지」라는 허형만 시인의 노래다. 나는 눈물 없이 이 노래를 부르지 못한다.

무학이셨지만 사람 사는 이치와 경우에 대해서는 그 누구보다도 밝으셨던 아버지는 그렇게 우리를 키우셨다. 지금 생각해보니 그 말씀 속에는 자연·도덕·사회를 꿰뚫는 온갖 지혜들이 숨어 있었다. 그것이 오늘날 나를 키워준 가장 소중한 양분이다.

높고 푸른, 가을 하늘 같으신 아버지! 계절이 바뀔 때마다 그 모습이 더욱 그립다.

아주 특별하고
위대한 유산

천호균

 "지금까지 너 하고 싶은 대로 살았으니, 이제부터는 네 아내가 원하는 대로 하며 살아라."
이 말 역시 그 옛날 아버지가 몸소 보여주셨던 교훈이며, 무언의 가르침이다. 어머니를 위한 애처가의 심성, 예술을 사랑하는 로맨티스트의 감성, 탈권위주의적인 자식 사랑은 아주 특별하고 위대한 상속이었다.

천호균

쌈지 대표

1949년 서울 출생. 경기고등학교를 거쳐 성균관대학교 영문학과를 졸업했다.
대우중공업에서 근무한 뒤 호박상사를 경영했다.
쌈지를 굴지의 패션 잡화 브랜드로 키우면서, 패션경영 부분 한국섬유대상·문화예술지원 기업대상 창의상·대한민국 디자인대상 우수상·섬유의 날 자기상표 개발 유공업체 부문 국무총리상을 수상했다.

아주 특별하고 위대한 유산

아버지가 돌아가신 지 어언 30년이 되어 간다. 그런데 지금도 아버지를 떠올리면 내가 막 철들기 시작한 초등학생 시절, 훤칠한 키에 귀를 덮는 장발, 온화한 미소를 머금은 채 빗자루로 뜨락(뜰)을 쓰시던 모습이 주마등처럼 지나간다.

나는 종로구 내수동에서 9남매 중 여덟 번째로 태어났다. 누나가 위로 다섯, 형이 둘, 남동생이 하나. 게다가 사촌들까지 많아 집안은 항상 사람들로 북적거렸다. 어머니 역시 음식을 푸짐히 만들어 자식들은 물론 친척들, 이웃들과 나누어 먹는 것을 좋아하셔서 늘 손님이 많았고, 또 그 때문에 자주 아프셨다.

그러면서도 어머니는 매사 적극적이고 지기 싫어하는 성격이라 학교의 자모활동에도 열심이셔서 은근히 '남편이 돈을 많이 벌어다 주었으면' 하고 바라셨던 것 같다. 아버지는 동대문시장에서 신발 도매상을 하셨다. 가끔 자랑처럼 "서울 사람치고 내 손 안 거치고 신발 신는 사람은 없을 게다"라고 큰소리치신 품으로 미뤄볼 때 꽤 장사가 잘 되었던 것 같다.

  아버지는 그러나 당신을 위해서는 한 푼도 허투루 쓰지 않으셨다. 집에서 종로5가까지 매일 걸어서 출퇴근을 하실 정도였다. 차비 몇 푼을 아끼기 위해서였다.

  집에 돌아오시면 아버지는 늘 늦은 저녁으로 독상을 받으셨다. 식사만큼은 조용한 가운데 알맞은 양만 드시고, 어머니와 대화를 나누었다. 어머니의 컨디션은 어떠했는지, 돈이 언제 얼마나 필요한지 일일이 물어보는 경우가 많았다. "그래 오늘은 무릎이 안 아팠소?" "오이소박이를 몇 접이나 담갔는가?" "오늘 아이들 과외선생님이 다녀갔어?"

  한 번도 목소리 톤이 올라가거나 빨라지는 법 없이, 항상 다정다감하셨다. 모든 집안 살림과 아이들 교육은 전적으로 어머니의 몫이었지만, 걸레나 빗자루를 자주 들고 어머니를 도와주신 것으로 봐서는 탈권위주의를 스스로 실천하려고 노력하신 것 같다.

  그림 보는 걸 좋아하시고, 바이올린으로 「타이스의 명상곡」을 들려주시는 등 로맨티스트적인 면도 있었다. 요즘 신세대들이 하는 것을 60~70년대에 일찌감치 미리 다 보여주셨다고 할까. 이 모든 게 어머니를 위해 태어나신 분처럼 극진하셔서, 자식들은 모두 아버지처럼 어머니를 따르고 잘 모셔야 한다고 늘 명심하게 되었다.

  아버지는 연세가 드시자 사업을 정리하고 설악산으로 가, 흔들바위 밑 작은 산장에서 사셨다. 젊은 시절 자식들을 위해 열심히 봉사하신 만큼, 아마도 노후에는 산과 물과 바람소리를 벗삼아 일생 처음으로 자신을 위해 호사를 하시는 것 같았다.

힘들게 산을 올라온 사람들에게 물도 떠주고, 감자전 빈대떡도 부치고, 도토리묵도 팔며 소꿉놀이하듯 재미있게 지내셨다. 가끔 걱정을 하면 "산장에 머무르는 사람에게 머루주도 권하면서 이런저런 사는 얘기를 듣다보면 하나도 지루하지 않다"며 "그저 엄마한테나 잘해드려라" 하는 당부로 답변을 대신하셨다. 그러고는 한 달에 한 번 집에 와서 그동안 모은 돈이라며 어머니에게 용돈을 내미시곤 했다.

아버지는 양정고보(고등학교) 시절 단거리 육상선수였다고 하는데, 운동선수 같은 면모는 별로 없었다. 근엄하게 멀리 계시기보다, 은근히 장난꾸러기 같은 유머를 즐기셨다.

용돈을 주더라도 거저 주시는 법이 없으셨다. 자식들이 많아 나름대로 용돈이나 선물을 주시는 노하우가 생겼는지, 아니면 다소 정치적이었는지, 서로 '나만 특별대우를 받나보다'고 생각했을 정도다.

문간방에 앉아 공부하고 있노라면 아버지는 노크를 하고 들어와 "안방 다락에 있는 신문 좀 정리하려무나" 또는 "네 이불은 네가 개고 가려무나" 한마디 던지고 웃으며 나가신다. 의아한 마음을 누르고 아버지의 분부를 따르다보면, 영락없이 그 속에서 엄마도 모르는 돈이 나왔다. 보물찾기 같은 기분, 횡재의 기쁨. 이런 설렘을 나 혼자만 느낀 것은 아니었을 것이다. 먼발치에서, 또는 가게에 출근하신 뒤, 아버지도 속으로 껄껄 웃으며 같이 즐거워하시지 않았을까 싶어진다.

내리사랑으로 참사랑을 물려준 필자의 부모님.

아버지는 안타깝게도 장수하지 못하셨다. 술도 한 잔이면 그만 이셨고, 담배도 전혀 하지 않으셨는데 왜 그리 빨리 가셨는지… 6개월쯤 편찮으셨는데, 특별한 증상 없이 너무 많이 깊어 있어 그저 편안하게 모시는 것 이외에는 속수무책이었다.

운명하시던 즈음, 아버지는 나를 향해 힘들게 입을 떼셨다.

"너는 앞으로 큰일을 할 것이다. 너는 어릴 적부터 한번 한다고 하면 꼭 하고야 마는, 약속을 잘 지키는 아이였으니까. 청개구리 같은 장난꾸러기에 개구쟁이였지만, 어렵고 불쌍한 사람들을 집으로 데려오기도 하는 착한 아이였으니까. 그리고 무엇보다 엄마에게, 형제에게 우애 있는, 정 많은 아이였으니까."

형들도 누나들도 많은데 유독 나에게 부탁하시겠다며, 엄마를 잘 모시라는 간곡한 말씀이 이어졌다. 그리고 모든 재산은 어머니에게만 남기겠다는 유언을 뒤로 하고 세상을 뜨셨다. 왜 아버지는 특별히 나에게 그런 말씀을 하셨을까? 그것은 30년이 지난 지금도 짐작하기 쉽지 않다. 그러나 아버지의 말씀이 예언이 되고 채찍이 되어, 나도 모르는 사이 이 자리까지 오게 만든 밑거름이었던 것만은 분명한 사실이다.

며칠 전 만난 전업 작가 한 분이 이런 이야기를 했다.

"아버지 연세가 많으셔서, 이젠 나도 아버지 유산을 물려받으러 가려고 합니다."

"무슨 유산인데요?"

"아버지 유산은 근면함이지요. 나도 고향에 내려가서 아버지 농사일도 돕고, 근면함도 열심히 상속받아 놔야지요."

그 말을 듣고 나니, 나야말로 고정관념 없이 자유로운 사고를 할 수 있도록 만들어주신 아버지의 귀한 상속에 저절로 머리가 숙여졌다. 인본주의의 기본은 가정이며, 가정의 기본은 부부이므로, 평생 아내를 위해 살아갈 수 있는 지금의 행복한 삶을 주신 분이 아버지같아 가슴이 뭉클해왔다.

몇 년 전, 아들의 거듭된 요청으로 뜻하지 않게 아버지인 내가 자식 결혼식에 주례를 보게 되었다. 나는 주례사를 통해 이렇게 강조했다.

"지금까지 너 하고 싶은 대로 살았으니, 이제부터는 네 아내가 원하는 대로 하며 살아라."

 이 말 역시 그 옛날 아버지가 몸소 보여주셨던 교훈이며, 무언의 가르침이다. 어머니를 위한 애처가의 심성, 예술을 사랑하는 로맨티스트의 감성, 탈권위주의적인 자식 사랑은 아주 특별하고 위대한 상속이었다. 아버지에게 받은 이 귀한 상속이 나의 아들에게까지 고스란히 전해졌으면 하는 것이 지금 나의 바람이다.

결국 닮고만
아버지의 단점

고승덕

아버지는 평생 모범생이다. 시골 의사로 부지런하고 착실하게 살았다. 매사에 철저하고, 무리하거나 정도에서 벗어나는 일이 없다. 아는 분들은 다들 아버지가 "법 없이도 사실 분"이라고 말한다. 아버지는 일흔다섯에 은퇴할 때까지 집과 병원을 오가는 단조로운 생활을 반복했다.

고승덕

덕유법률사무소 변호사

1957년 광주 출생. 경기고등학교를 거쳐 서울대학교 법과대학을 졸업했다.

서울대학 법학 석사·예일 대학 정치학 석사·하버드 대학 법학 석사·컬럼비아 대학 법학 박사. 대학 재학 중 사법시험에 최연소 합격한 뒤, 외무고시 차석, 행정고시 수석으로 고시 3관왕의 기록을 세웠다.

미국 뉴욕 소재 B&M 법률사무소 변호사로 근무하면서 미국변호사 자격을 취득했다. 수원지방법원 판사·서울시 행정심판위원회 위원·탐라대학교 경찰행정학과 겸임교수 등을 역임했다.

SBS 교양 프로그램 「솔로몬의 선택」에서 '솔로몬 법률단'으로 활약 중이다.

결국 닮고만 아버지의 단점

아버지는 평생 모범생이다. 시골 의사로 부지런하고 착실하게 살았다. 매사에 철저하고, 무리하거나 정도에서 벗어나는 일이 없다. 아는 분들은 다들 아버지가 "법 없이도 사실 분"이라고 말한다. 아버지는 일흔다섯에 은퇴할 때까지 집과 병원을 오가는 단조로운 생활을 반복했다.

나는 학창시절 아버지처럼 살지 않겠다고 여러 차례 결심했다. 변화가 없이 사는 삶이 답답하고 재미없다고 느꼈다. 내가 법대를 선택한 것은 아버지를 통해 본 의사라는 직업에 실망한 탓도 컸다. 온 가족이 절약하면서 살았지만, 집 한 채 이외에는 별다른 재산이 없다는 점도 마음에 들지 않았다. 그것은 그러나 아버지 잘못은 아니었다. 아무리 노력하고 저축하더라도 부동산 투기 없이는 부자 되기 힘든 세상이기 때문이다.

아버지는 까다로운 점도 적지 않다. 무엇보다도 의사답게 위생에

민감했다. 익히지 않은 음식은 회는 물론, 냉면까지도 먹지 못하게 했다. 가리는 음식도 많다. 수학여행 외에는 자식들이 집밖에서 자는 것도 허락하지 않았다. 성격이 너무 신중해서 내가 새로 뭔가 하려고 아버지를 설득하기란 거의 불가능했다. 한국말이 통하지 않는다고 느낄 때도 있었다.

아버지에 대해 반발심이 든 적도 있었다. 하지만 나이가 들면서 나는 아버지를 이해하게 되었다. 아버지가 나와 말이 통하지 않는 때가 있더라도, 아버지는 당신의 방법으로 자식들을 사랑한다는 것을 알았기 때문이다. 아버지는 인생의 최우선 순위를 자식교육에 두었다. 내가 경기고에 합격하자 아버지는 광주에서 서울로 이사했다. 내가 고시 공부할 때 아버지는 안방에서 밤늦게까지 그림을 그리면서 말없이 나를 격려했다.

아버지는 쉰 살이 넘어서 지방 병원에서 월급받는 생활을 선택했다. 주말에만 서울로 올라오는 주말부부가 된 것이다. 그렇게 사는 모습이 자식들 보기에 불편했다. 일흔이 되었을 때 아버지에게 은퇴하라고 간청했다. 아직 더 일할 힘이 있다고 우기던 아버지가 은퇴를 결심한 것은 그 후로도 5년이 더 지나서였다.

은퇴 뒤 아버지는 집 안팎을 직접 수리하고 마당을 가꾸면서 항상 몸을 움직인다. 나무의 가지치기도 직접 한다. 가만히 있으면 건강에 좋지 않다고 믿기 때문이다. 지은 지 40년 정도 되는 집 천장에서 빗물이 떨어지자 직접 사다리를 타고 지붕과 외벽에 방수 페인트를 칠해 완벽하게 공사를 마무리하기도 했다.

내가 사는 빌라 주차장 천장에서 물이 심하게 떨어졌을 때도 아버지가 구원투수로 나섰다. 공사업체가 여러 차례 방수작업을 시도했지만 번번이 실패한 뒤였다. 아버지가 며칠간 빌라에 와서 철사줄을 사용해 도면을 그려 연구하더니 주차장 위로 지나가는 배관이 깨졌다는 사실을 밝혀냈다. 누구도 생각하지 못했던 것이었다. 그 배관을 고치자 물이 더 이상 새지 않았다.

아버지는 평생 여행 한번 가지 않고 살았었다. 어릴 때 여름방학이 지나면 다른 아이들은 바캉스 자랑을 했지만, 여행을 가본 적이 없는 나는 부러울 뿐이었다. 아버지는 여행을 가면 음식 잘못 먹고 탈나기 쉽다고 하면서, 건강을 생각해서 여행을 가지 않는다고 했다. 그런 아버지가 원망스럽기도 했다. 결혼해서 분가를 한 뒤 나는 가끔씩 여행을 가면서, 여행이 정신건강에 좋고 생활에 활력을 준다는 사실을 뒤늦게 깨닫게 되었다.

아버지에게 여행을 같이 가자고 권했지만 한 차례도 응하지 않았다. 아버지야 쉽게 생각과 습관을 바꿀 수 없겠지만, 어머니까지 여행 한번 가지 못하는 것이 안타까웠다. 그러던 아버지가 지지난해 난생 처음 1박 2일로 제주도 여행을 갔다. 성묘를 핑계로 아버지를 설득한 것이 효과가 있었다.

우리 부부는 좋은 호텔을 예약하고 택시를 대절해서 모시고 다니면서 아버지가 좋아하는 고등어조림 같은 음식도 대접했다. 어머니는 물론이고 아버지도 대만족이었다. 아버지가 변했다. 어머니에게 일본 여행 가자고 해서 온 가족이 "해가 서쪽에서 떴다"고 놀렸다.

부모님을 모시고 제주도로 가족여행을 갔다. 천지연 폭포 앞에서.

그 뒤 우리 부부는 작년 가을 몇 번 부모님을 모시고 단기 여행을 다녀올 수 있었다.

아버지는 그래도 집이 가장 편하고 어머니 음식이 최고라고 했다. 힘든 분은 어머니였다. 아버지와 어머니는 서로 "하이"라고 부른다. 그 소리가 들릴 때마다 어머니는 아버지에게 달려가야 했다. 항상 집에서 먹고 자는 아버지를 수발하느라 어머니는 마음 편하게 외출 한번 하지 못했다.

그렇게 건강하던 어머니가 지난해 2월 말 갑자기 뇌출혈로 쓰러졌다. 어머니가 생사를 오가던 고비를 겪을 때 아버지는 수술실 밖에서 기도를 했다. 귓가에 "하이"라는 소리가 들린다고 하면서 눈시울을 붉혔다. 구사일생으로 회생했지만 어머니는 기력이 없어서 더 이상 가사 일을 할 수 없게 되었다.

간병인을 두자고 해도 아버지는 남이 하는 것이 마음에 차지 않으니 당신이 직접 간병을 하겠다고 고집했다. 빨래와 청소를 하기 시작했다. 그렇게 어머니를 부려먹기만 하던 아버지가 180도 달라졌다. 아버지는 매일 어머니 발까지 씻겨드리면서 정성스럽게 24시간 간병했다.

그런 간병이 벌써 6개월이 넘었다. 어머니는 정말 조금씩 차도를 보이고 있다. 아버지는 어머니가 나아진다고 즐거워하면서 아직도 지친 모습을 보이지 않는다. 두 분은 식사를 마치고 어머니 걷는 연습을 겸해서 함께 집 부근을 산책한다. 동네 할머니들은 어머니를 부러워한다. 그 나이에 신혼부부처럼 다정히 산책하니 정말 보기 좋다는 것이다.

평생 자식 생각만 하면서 살아온 아버지와 어머니에게 나는 항상 감사하며 고개를 숙일 수밖에 없다. 나이가 어릴 적에는 아버지가 내 생각과 다르게 답답한 말씀을 한다고 대든 적도 있었지만, 이제는 참고 들어드린다. 아버지가 일생동안 고집해온 생각이 내 말 한마디에 쉽게 바뀔 수는 없을 것이다. 거북한 말씀이라도 참고 듣는 것이 내 나름의 효도의 실천이다.
  내가 출현하는 텔레비전 프로그램을 매번 녹화하면서, 아직도 마음은 20대 같다는 어머니가 빨리 회복되는 것이 나의 간절한 소망이다. 우리 부부가 부모님을 모시고 다시 제주도 여행이라도 다녀오는 날이 오기를 기도한다.

세상에서 가장 오래된 나의 친구

베르나르 베르베르

아버지는 나의 가장 오래된 친구입니다. 한 번도 나를 실망시키거나 배신한 적이 없는 진실한 친구지요.
"자유롭게, 허심탄회하게 이야기를 나누는 친구."
만일 우리가 혈연으로 맺어지지 않았다 해도, 나는 아버지를 자주 만나고 싶은 분으로 여겼을 것입니다.

베르나르 베르베르

소설가

1961년 프랑스 툴루즈 출생. 툴루즈 제1대학교에서 법학을 공부했다.

프랑스 시사주간지 「르 누벨 옵세르바퇴르」에서 과학부 기자로 일했으며, 1991년 소설 『개미』로 일약 베스트셀러 작가가 됐다. 과학적 상상력을 바탕으로 경이롭고 환상적인 세계를 그리는 작가로 평가받고 있다.

주요 작품으로 『개미』『아버지들의 아버지』『뇌』『나무』『인간』 등이 있다.

뉴스기금 신인기자상을 받았다.

세상에서 가장 오래된 나의 친구

독일군이 독일 점령지와 자유 프랑스의 경계선을 통과했을 때, 아버지는 열여섯 살이라는 어린 나이에 할아버지와 할머니를 모시고 에스파냐로 탈주했다지요. 세 분은 프랑코 치하의 에스파냐 경찰에 체포되어 바르셀로나 감옥에 갇혔습니다. 하지만 아버지는 배를 타고 미국으로 도망쳤고, 거기에서 대학을 다니셨지요.

그러다가 미군에 입대해서, 기갑연대의 일원으로 노르망디 상륙 작전에 참가했습니다. 국내의 다른 프랑스인들이 숨어 지내거나, 부역자가 되거나, 또는 오불관언할 때, 아버지는 자신이 선택한 길을 끝까지 가셨습니다. 아버지에게 박수갈채를 보냅니다.

내가 어렸을 때, 나를 재우기 전에 이야기를 들려주시곤 했던 일도 생각납니다. 아버지는 늘 환상적인 이야기를 지어내서 나에게 들려주셨지요. 그러면 나는 밤에 그 이야기를 주제로 꿈을 꾸곤 했습니다.

사람들이 나에게 자주 물어보는 것이 있습니다. 기발하고 황당무계한 이야기들을 쓰고자 하는 욕구가 어디에서 오느냐는 질문이지요. 나에게 그런 욕구가 있다면, 그것은 어린 시절 아버지가 마련해준 그 짤막한 마법의 순간들로부터 비롯된 것이 아닌가 싶습니다.

체스를 가르쳐주신 것도 아버지에 대한 추억에서 빼놓을 수 없는 소중한 자산입니다. 아버지는 할아버지에게서 체스를 배웠다고 하셨습니다. 바르셀로나 감옥에 갇혀 지내던 시절, 할아버지가 판지로 판을 만들고 빵 조각으로 말을 만들어 체스를 가르쳐주셨다지요. 아버지에게서 배운 체스는 나중에 내 소설의 장면들을 전략적으로 배치하는 데 도움을 주었습니다. 흑과 백, 장소의 통일성, 전쟁 또는 사랑의 드라마, 서스펜스. 이 모든 것 역시 아버지에게서 유래된 것입니다.

내가 아버지에게서 배운 것 가운데 중요한 것이 또 하나 있습니다. 자유롭게 사는 방법이 바로 그것입니다. 그것은 가장 쉬운 길은 아니지만, 단연코 가장 흥미로운 길입니다. 남의 영향을 받지 않고 생각하는 자유, 윗사람들에게 보고하지 않고 사는 자유, 삶 속에서 얻은 경험과 세상의 이곳저곳을 둘러본 여행을 바탕으로 나의 개인적인 의견을 형성하는 자유.

그런 자유에는 대가가 따르기 마련입니다. 하지만, 그것은 그만한 대가를 치를 만한 가치가 있다고 아버지는 나에게 가르치셨습니다.

1944년 1월의 아버지. 베르베르는 "자유롭게, 허심탄회하게 이야기를 나누는 친구"라고 아버지를 지칭했다.

    이제 나는 분명히 단언할 수 있습니다. 나에게 아버지는 단지 아버지일 뿐만 아니라, 한 사람의 친구이기도 하다고 말입니다. 우리는 오래된 친구들처럼 규칙적으로 장시간에 걸쳐 전화 통화를 합니다. 사실 아버지는 나의 가장 오래된 친구입니다. 한 번도 나를 실망시키거나 배신한 적이 없는 진실한 친구지요.

    우리는 언제나 자유롭고 허심탄회하게 이야기를 나눕니다. 아버지는 윗사람이 아랫사람을 대하듯이 나를 대하는 법이 없습니다. 아버지는 훈계를 늘어놓거나, 나이가 많다는 이유로 젊은 사람을 가르칠 수 있다고 단정하는 부류의 어른이 아닙니다. 아버지는 늘

"난 널 믿는다. 넌 잘 해낼 거야"라고 말씀하시지요.

만일 우리가 혈연으로 맺어지지 않았다 해도, 나는 아버지를 자주 만나고 싶은 분으로 여겼을 겁니다. 만일 내생에서 나에게 선택의 권한이 주어진다면, 그리고 내 선택을 아버지가 받아들이신다면, 나는 다시 아버지의 아들로 태어나고 싶습니다.

'어리석은 자의 낙원은 지옥보다 위험하다'

유근상

그 옛날 기미독립운동이 거세게 물결쳤던 아우내 태생의 충청도 양반은 자식이 화필을 잡는 것을 지독히도 반대했다. 그러나 험한 예술가의 길을 택한 자식의 손에 편도 항공권을 쥐어주는 것만은 잊지 않았다. 핏줄의 오랜 고뇌가 담긴 선물이었다. 장학생이 되든, 현지에서 능력껏 벌어서 배우든, 그저 돌아오지는 말라는 묵시적 명령이기도 했다.

유근상

서양화가 · 홍익대학교 미술대학 회화과 겸임교수

1964년 서울 출생. 이탈리아 피렌체 국립미술원에서 공부했다.
이탈리아 문화부 주최 유럽미술대전에서 영예의 시벨리우스 2000 대상을 수상한 것을 비롯, 이탈리아 최우수 외국인 예술상·이탈리아 평론대상 등을 받았다.

'어리석은 자의 낙원은 지옥보다 위험하다'

순수의 도시 피렌체를 향해, 한 젊은 미술학도가 미래의 꿈을 품고 미지의 세계로 날개를 펼쳤다. 그는 고국에서 고이 쥐고 온 교민들의 주소록을 공항 휴지통에 던지며 철저한 고아로 다시 태어나, 이탈리아 예술가라는 험난한 여정의 첫 발걸음을 무겁게 내려놓는다.

끊임없는 속도의 압박으로 기억이 잊혀져버리는 시대, 바로 어제도 향수의 대상이 되어버리는 시대에, 단순한 기억에 대한 강요나 또 다른 회고적 반복은 아무런 소용이 없다. 과거와 현재, 미래로 이어진 연속선을 재발견하는 방식이 아니라, 역사의 잔해와 흔적들로부터 불현듯 솟아오르는 현재를 만나는 방식으로, 그는 머나먼 이국생활의 두려움을 그렇게 맞이했다.

공원 벤치에 앉아 포도주와 기타를 벗삼는 남루한 거지가 젊은 미술학도에겐 신선한 한 줄기 빛으로 다가왔다. 나의 삶이 나의 꿈의 최대 피해자로 모두 파괴된다 할지라도, 저기 저 거지 정도의 삶을 살 수만 있다면 성공이라는 생각이 산뜻한 이탈리아의 첫 풍경화와 겹쳐졌다.

그 옛날 기미독립운동이 거세게 물결쳤던 아우내 태생의 충청도 양반은 자식이 화필을 잡는 것을 지독히도 반대했다. 그러나 험한 예술가의 길을 택한 자식의 손에 편도 항공권을 쥐어주는 것만은 잊지 않았다. 핏줄의 오랜 고뇌가 담긴 선물이었다. 장학생이 되든, 현지에서 능력껏 벌어서 배우든, 그저 돌아오지는 말라는 묵시적 명령이기도 했다.

동양난 속에 묻혀 사는, 너무나도 지루하고 평범한 아버지의 삶을 닮기 싫어 하늘의 별을 따겠다고 달음질친 내 청년기. 성공이라는 욕망의 틀에 갇혀 20여 년 간 숨 막히는 세월을 보내고, 이제는 나도 그 욕심 없는 평범함이 사무치게 그리워 그분을 다시 찾게 된다.

유럽미술대전 대상과, 이탈리아 정부로부터 800년이 넘은 고성을 작업실로 헌사받은 자식의 영광에도, 유관순 열사의 피가 흐르는 완고한 원칙주의자는 그 흔한 해외 여행길에 쉽사리 오르려고 하지 않았다.

그런 충청도 양반을 움직인 것은 이번에도 역시 핏줄이었다. 훨씬 시간이 지난 뒤, 건강한 손자가 태어났다는 통지 한 장이 그렇게 묵묵부답이던 분을 한달음에 이역만리로 달려오게 했으니까. 아버지는 자손을 얻었다는 기쁨 속에서, 기꺼이 배낭을 메고 이탈리아의 과거를 둘러보셨다.

때론 투쟁과도 같았던 시간 속에서 어둡게 지나쳤던 유적들이 하나 둘 다시 살아나, 모처럼의 가족여행에 의미를 더해주었다. 효도관광 대신, 부자간의 배낭족 기차여행은 이렇게 조촐하게 피렌체 역을 출발했다.

그 손자가 어느덧 초등학교에 입학하여, 벌써 과외수업을 받을 나이가 됐다고 한다. 지나친 경쟁심과, 타인에 대한 배려 없이 성공의 길로 치닫고 있는 우리 사회에서, "3퍼센트 상위권 진입"이라는 입시학원의 현수막이 다시금 아버지 세대의 삶과 그분들의 "느리게 사는 지혜"를 생각하게 한다.

초등학교에서부터 대학에 이르기까지 등수로 인간의 가치를 평가하고, 학연과 지연으로 저마다의 높은 담장을 쌓고 사는 우리 시대. 이렇게 편협하고 폐쇄적인 세계 속에서는 치졸하고 자기중심적인 인간으로 자랄 수밖에 없을 것이다. 인간정신의 원활한 교환이란 애당초 불가능하기 때문이다.

이러한 시대에 "출세"라는 것은 철창 속에 갇힌 새가 황금철창 속에 갇히기를 원하는 것과 다를 바 없다. 관

1998년, 부모님과 함께한 이탈리아 여행 중에.

념적인 사랑과 진리에 파묻혀 자신이 누리는 사회적 권위와 지위, 자기안보를 위해 절대로 모험을 하지 않으려는 현실주의 앞에 당당히 도전할 수 있는, 그런 아버지 상을 보여주고 싶다.

르네상스 시대를 산 플랑드르(플랜더스)의 화가 브뤼겔(Pieter Brueghel)은 「쾌락의 동산」이라는 풍자화를 남겼다. 음식이 산더미처럼 쌓인 밥상 밑에 기사는 창을 버리고, 농부는 도리깨를, 학자는 책을 팽개치고 바닥에 곯아 떨어져 있는 장면을 극적으로 묘사한 작품이다. 이 한 장의 그림을 통해, 그는 동물처럼 탐욕을 충족시키기 위해 인간 스스로 모든 자존심을 송두리째 버리고 물질에 취한 상황을 고발하고 있다. "어리석은 자들의 낙원은 지옥보다 위험스럽다"라는 명언과 함께.

오늘 우리 사회의 비뚤어진 모습이 눈을 찌를 때마다 나는 저 「쾌락의 동산」을 떠올린다. 충분한 여유가 있는 공간에서도 남의 등을 예사로 밀어붙이고, 타인의 예모 있는 도움을 받고도 감사하다는 말 한마디 할 줄 모르는 사람들. 아주 평범한 일상 속에서 이웃과 더불어 사는 방법을 배우지 못하고 성장한 것이 오늘 이 시대 우리들의 모습이라면, 우리는 술보다 더 독한 그 무엇에 취해 있는지도 모른다.

후손들만이라도 치열한 경쟁에서 한걸음 벗어나서 숨 가쁜 긴장을 풀고, 자연을 사랑하고 사람을 사랑하는 따뜻한 인간으로 성장했으면 하는 바람으로, 나는 요즘 자식 교육을 놓고 아버지의 여유와 선비정신을 다시금 학습하는 중이다.

사흘 밤낮 베갯잇을 적신 아버지

진 명

"부처님 제자가 된 것도 출가이니, 꼭 세상 사람들에게 밝은 등불이 되는 큰스님의 경지에 이르도록 수행 열심히 하거라."
문득 딸이 보고 싶어 한걸음에 그 산중까지 올라오셨지만, 막상 하고 싶었던 그 말들은 목전에서 삼키시고 돌아섰던 아버지. 그런 분이 삼일 밤낮을 베갯잇을 적셨다.

진명

종교인

경남 하동에서 낳아 운문사로 출가했다. 운문사 승가대학을 마치고, 동국대학교 선학과 석사과정을 수료했다.
법정스님이 이끄는 사단법인 「맑고 향기롭게」 사무국장을 역임했으며, 불교방송에서 「차 한 잔의 선율」을 진행하고 있다.

사흘 밤낮 베갯잇을 적신 아버지

　　요즘 새삼스레 아버지라는 단어가 가슴을 뭉클하게 만든다. 출가 이후 단 한 번도 따뜻하게 "아버지"라고 불러보지 못했기 때문일까. 건강이 여의치 않은 아버지가 가쁜 호흡을 몰아쉬며 전화를 받으실 때는 괜스레 가슴이 먹먹해져 이내 눈물이 그렁해진다.

　　부처님 제자가 되겠다고 산문(山門)을 들어설 때만 해도 아버지는 무척이나 젊으셨다. 훤칠한 키에 누구에게도 뒤지지 않은 모습, 거기다 바바리코트를 입고 출타하시는 아버지의 뒷모습이 그렇게 멋있어 보였다.

　　정확한 기억은 없지만 아마 초등학교 2~3학년 시절이었을 것이다. 노래라고는 시조밖에 읊지 못하시는, 음치 중의 음치인 아버지의 팔베개를 하고 그 당시 유행가인 「대전 블루스」를 따라하던 기억이 생생하다. 아버지 발등에 올라서서 떨어질세라 손을 힘껏 붙

잡고 빙글빙글 돌며 춤을 추던 일도 생각난다.

아들을 원하시는 할머니의 성화에 못 이겨 딸을 7공주나 두게 된 어머니는 늘 아이 키우랴 바쁘셔서, 아이들 학교 일이며 다른 외부 일은 아버지의 몫이었다. 학교에서 부모님을 찾으면 으레 아버지가 어머니를 대신했다. 아버지와 함께 학교 가는 길에 나는 꼭 아버지 주머니에 꼬막손을 넣고 아버지의 큰 손에서 전해오는 따뜻함을 좋아했다.

빨치산들이 지리산에 숨어들어 막바지 생존의 몸부림을 하던 시절, 아버지는 지리산 아랫동네에서 청년기를 보내고 있었다. 인민군들에게 식량 운송수단으로 끌려 다니던 아버지는 그 무리에서 도망쳐 나오다가 미군들이 아군, 인민군 할 것 없이 무차별적으로 잡아들이는 통에 거제포로수용소에서 2년 남짓 그 아까운 청년의 시간을 보냈다. 그때 얻은, 지울 수 없는 훈장 같은 지병을 아직도 앓고 계신다.

우리 남매들은 피해갈 수 없었던 민족의 아픈 역사를 아버지의 생생한 증언을 통해 무협지 읽듯이 들어야만 했다. 그러나 그 어려운 시절을 살아오면서도 언제나 당신 개인과 가족의 삶보다는 마을 주민을 먼저 생각하며 고민하시던 아버지의 모습은 나에겐 좋은 희망이 되고 미래가 되었다.

부처님 제자가 되어 사미계를 받고 나니 아버지로부터 장문의 편지 한 통이 날아왔다. 옛 어른들의 문체가 그렇듯이 시절인사를 빼놓지 않고 안부를 물으신 뒤, 구구절절 당신 곁에 있을 때 따뜻한

언어로 표현은 못했지만 나를 아들처럼 믿고 키웠다는 말씀과, 당신 자식에 대한 서운함과, 그렇게 부모 곁을 떠나버린 자식에 대한 원망이 긴 편지에 알알이 담겨 있었다. 그리고 마지막에는 당부를 잊지 않으셨다. 기다려도 오지 않는 큰딸을 드디어 출가자로 인정하는 대목이었다.

"부처님 제자가 된 것도 출가이니, 꼭 세상 사람들에게 밝은 등불이 되는 큰스님의 경지에 이르도록 수행 열심히 하거라."

간절한 아버지의 뜻을 나는 읽고 또 읽었다. 모시고 있던 어른 스님께서 무슨 편지가 그렇게 기냐고 궁금해하셔서 보여드렸더니 "너희 아버지는 정말 대단하신 분이다. 이렇게 이성적으로 당신 딸을 부처님 제자로 인정하시다니…"라고 하셨다. 함께 있던 대중이 그 편지를 다 돌려가며 읽었다.

90년대 초. 아버지 회갑을 맞아 부모님과 함께.

지금껏 출가사문으로 살아오면서 즐거운 일만 있었던 것은 아니다. 학인(學人) 시절 마음에 고단한 일이 있을 때며, 미진한 수행자로서 삶에 대한 회의나 교단에 대한 실망이 겹칠 때면 다시 재가(在家)로 돌아가고 싶다는 생각을 안 했던 것이 아니다. 그럴 때마다 나 자신을 부처님 제자로 반듯하게 다시 설 수 있게 했던 것은 아버지의 말씀이셨다.

"다리를 부러뜨려 평생 먹여 살릴지언정, 큰딸은 중 못 만든다"는 아버지에게 큰소리치면서 설득하고 나온 나에게 얼마나 실망하실까 싶어, 나는 다시 돌아갈 수 없었다. 문득 딸이 보고 싶어 한걸음에 그 산중까지 올라오셨지만, 막상 하고 싶었던 그 말들은 목전에서 삼키시고 돌아섰던 아버지. 그런 분이 "삼일 밤낮을 베갯잇을 적셨다"는 할머니의 말씀 때문이기도 했다. 집을 떠나오면서 아프게 했던 아버지의 가슴을 또다시 아프게 하고 싶지 않았다.

어려운 시대를 살아오신 아버지. 이제는 모든 지역사회 일에서도 손을 놓으시고 지병으로 누워 계신 내 아버지. 이 세상을 하직하실 때도 내가 출가할 때처럼 그렇게 당당한 뒷모습을 보여주신다면 얼마나 좋을까, 생각하면서 아버지의 속득쾌차(速得快差)를 부처님 전에 기도드린다.

2. 아버지
내 삶의 버팀목

난 아직도 아버지를 닮으려고 노력할 뿐

이종구

그분은 항상 환자를 자기 가족처럼 돌봐주는 인자한 의사였다. 있는 자나 없는 자, 유식한 자나 무식한 자나 가리지 않고 항상 환자의 편에 서서 최선을 다하는 의사였다.

내가 의사가 되기로 결심한 것도 부친 때문이다. 그분은 나에게 돈을 많이 버는 의사보다는 학구적인 의사, 즉 대학교수가 되기를 바라셨다.

이종구

이종구심장클리닉 원장·캐나다 앨버타 의대 명예교수·예술의전당 후원회장

1932년 서울 출생. 서울대학교 의과대학을 졸업했다. 캐나다 온타리오 대학 및 매길 대학에서 심장내과 전문의 자격과 내과 전문의 자격을 취득했다.

캐나다 왕립내과학회와 일본 후쿠오카 대학에서 의학박사 학위를 받았다.

미국 인디애나 대학 교환교수·서울중앙병원 심혈관센터 소장·울산대학교 의과대학 교수·대한순환기학회 회장 등을 역임했다.

난 아직도
아버지를 닮으려고 노력할 뿐

나의 부친은 이 세상을 떠난 지 벌써 8년이 지났다. 그러나 그분은 항상 나의 가슴속에 계시는 듯하다. 뿐만 아니라 나를 항상 지켜보시는 듯하다.

나의 부친은 어려운 환경에서 성장했다. 1904년 당시 충남 서산군의 시골에서 태어나, 읍내에 있는 초등학교까지 하루에 수십 리를 걸어 다녀야만 했다.

할아버지는 시골의 작은 지주셨다. 큰아들을 이미 서울에 공부시키러 보내시고, 둘째인 나의 부친에게는 시골에 남아서 농사를 지으라고 분부하셨다. 그러나 공부를 더해서 성공해 보겠다는 당신의 불타는 야망은 식을 줄 몰랐다. 할아버지가 서울 유학을 완강히 거부하자, 소를 팔아 장롱에 숨겨놓은 돈 100원을 몰래 훔쳐 도망을 쳤다. 그리고 보성중학에 입학하여 공부를 계속하게 된다.

경제적 사정으로, 6년을 다녀야 하는 경성제국대학 의예과(서울대학교 의과대학)를 포기하고, 교사가 되기 위해 경성사범대학에 지원하려고 했다. 그래도 담임선생님은 학교의 명예를 위해 경성제대 의예과 시험을 권했다. 나중에 등록하지 않더라도, 우선 합격만 하면 보성의 명예라는 논리였다. 그리하여 그분은 당시 한국에 하나밖에 없던 대학교 의예과에 합격하여, 충청남도에서 주는 작은 장학금의 도움으로 의과대학을 마치게 된다.

졸업 후 부친은 지금의 레지던트 과정을 거친 뒤, 대구의학전문학교 이비인후과 조교수로 임명을 받게 된다. 그 당시 그 학교 이비인후과 과장은 물론 일본인이었다. 그는 일본의 의학강습소 출신으로, 대학교수로서는 학력이 부족한 사람이었다. 그 자리를 지킬 수 있었던 것은 오로지 조선총독의 사위라는 든든한 배경 덕이었다.

이런 상황에서 하루는 일본순사의 아들을 위해 대구에서는 처음으로 하는 수술을 맡게 되었다. 그 과장은 집도가 위험할 수도 있다고 판단하여, 수술 당일 일부러 외출을 했다고 한다. 만일 일이 잘 못되면 일체 책임을 지지 않겠다는 뜻이었다.

수술은 잘 되었다. 이 사실이 신문에 보도되었다. 그러나 그 기사에는 이비인후과 과장의 이름만 실리고 부친의 이름은 언급되지도 않았다. 하지만 주머니 속의 송곳(囊中之錐)처럼 부친의 실력이 드러나, 입소문을 타고 대구 전역으로 번져 나갔다. 일본인 과장보다 환자를 더 보기 시작하자, 과장은 다시 부친을 견제하기 시작했다.

조선인 의사는 결국 대구 시내를 떠나 황해도 사리원의 도립병원 이비인후과 과장 자리로 옮기게 된다. 그리하여 우리 가족은 사리원에서 해방을 맞았지만, 이번에도 부친에게는 수난이 기다리고 있었다. 일본인 의사들이 철수하자 자연적으로 부친이 병원장이 되었는데, 곧 러시아 군인들이 평양을 거쳐 사리원에 진주했다. 그들이 여성들을 겁탈한다는 소식이 나돌면서 북한은 공포에 휩싸였다.

러시아군은 평양과 해주의 도립병원을 점령하여 숙소로 쓰고 있었다. 이에 그치지 않고 그들은 사리원 도립병원도 내놓으라고 요구했다. 부친은 죽을 각오라도 하신 듯 완강히 저항했다. 결국 점령군은 수돗물과 침대가 있는 병원 대신 학교를 숙소로 쓰게 되었다.

그 당시 러시아 군인들은 따발총을 어깨에 두르고 다니며, 시계를 내놓지 않으면 총살하겠다고 위협했다. 살벌한 분위기였다. 그런데도 환자들을 위해서라면 목숨이라도 내놓겠다는, 의사로서 최고의 숭고한 정신을 보여주었던 것이다.

또 하나의 수난은 공산당(조선노동당)과의 대립이었다. 공산당 간부들은 몇 안 되는 대학출신인 부친을 "인테리" 즉, 반혁명세력으로 의심하기 시작했다. 그래서 병원장 직으로부터 해임되고, 한때 투옥까지 당하는 신세가 됐다.

그 뒤 우리 가족은 월남하여, 부친은 대구에서 이비인후과 전문의로 개업을 하셨다. 의과대학 학생시절 부친이 환자를 진료하는 모습을 지켜보는 것은 보람을 넘어, 귀중한 산교육이었다. 그분은 항상 환자를 자기 가족처럼 돌봐주는 인자한 의사였다. 있는 자나 없는 자, 유식한 자나 무식한 자나 가리지 않고 항상 환자의 편에 서서 최선을 다하는 의사였다.

회갑을 기념하여 아버님께 수연을 열어드리며 필자가 감사의 말씀을 올리고 있다.

부친은 좋은 의사였을 뿐만 아니라, 가족에게는 가장 모범적인 가장이였다. 도립병원 과장 시절부터 저녁 초대가 이어졌다. 그러나 과음을 하거나 늦게 귀가하는 일이 단 한 번도 없었다. 좀 답답한 남자였는지도 모른다. 그러나 그분은 모범적인 인간, 모범적인 아버지가 되기 위해 최선을 다하며 살아온 사람임에는 틀림이 없다. 뿐만 아니라 나는 그분이 항상 학구적인 의사였다는 생각을 가지고 성장했다.

내가 의사가 되기로 결심한 것도 부친 때문이다. 그분은 나에게 돈을 많이 버는 의사보다는 학구적인 의사, 즉 대학교수가 되기를 바라셨다. 캐나다로 유학길을 떠나면서 내가 원한 것도 실력 있는 학자, 저명한 교수가 되는 것이었다.

지금은 대학 강단에서 은퇴한 지 근 10년이 되었지만, 아직도 나는 학구적인 노력을 지속하며 후학들을 위해 논문과 책을 쓰고 있다. 내가 전달하는 의학지식에 힘입어 많은 의사들이 환자를 위해 좀 더 나은 의술을 베풀어준다면, 저세상에 계신 나의 선친이 나에게 실망하지 않고 만족하실 것이라는 믿음이 있기 때문이다. 나는 이런 믿음으로 자칫 나태해지려는 나 자신을 격려하고 있다.

'봉사는 참인간의 도리니라'

신봉승

아버지는 자식들의 행실에 수반되는 훈육에 대해서만은 대단히 엄격하였다. 나는 공부보다 극장에 드나드는 일에 더 열중했던 탓으로 늘 아버지의 엄한 훈도에 시달려야 했다. 아버지의 훈도는 자질구레한 잔소리가 아니라, 몇 가지의 잘못을 모아서 호되게 다스리는 큰 꾸중이었기에, 나는 언제나 쥐구멍을 찾기에 바빴다.

신봉승

극작가·시나리오작가·예술원 연극영화무용분과 회장·추계예술대학교 영상문예대학원 대우교수

1933년 강원도 명주군 출생.

「조선왕조 500년」「동토의 왕국」「풍운」 등을 쓴 한국의 대표적 사극작가.

70년대부터 「별당아씨」「타국」「사모곡」과 같은 화제작을 집필했으며, 그 전에는 「갯마을」「저 하늘에도 슬픔이」 등의 영화 시나리오를 썼다.

대한민국 문화예술상·대한민국 예술원상·보관문화훈장 등을 받았다.

'봉사는 참인간의 도리니라'

아버지는 사진기사였다. 인물이 찍힌 필름(유리판)이 나오면 가늘고 길게 깎은 연필심으로 원판을 수정하여 손수 인화나 확대를 하는 진짜 사진기사였다.

아버지의 수정기술은 눈감고 찍은 인물사진의 눈을 뜨게 할 정도라, 만주국 황실의 사진기사로 특급대우를 받았다. 따라서 나의 어린 시절은 아버지가 없는 아이나 다름없었다. 아버지는 1년에 한 번, 아니면 2년에 한 번꼴로 시골집을 다녀가셨다.

그때마다 조선 땅에서는 구경도 할 수 없는 고급 랜드셀(등에 메는 가방), 학용품, 레인코트 등을 선물로 주셨다. 어색한 가운데서도 부자의 정을 회복할 무렵이면 다시 훌쩍 떠나버려, 곧 남남이 되듯 아버지의 모습은 까맣게 잊어버리곤 했다.

광복이 된 1945년 가을, 아버지는 만주 땅에서 돌아오셨지만 곧 청년운동에 투신했다. 대동청년단·대한청년단 등의 선전부장·총

무부장을 거치면서 부단장·단장의 일을 보시게 된 것은 무엇보다 남다른 문장력과 발군의 필력 때문이었다. 정말 대단한 명필이어서 새로 짓는 건물의 상량문이나, 여러 사회단체에서 주관하는 체육대회 또는 예술제 등에서 시상하는 각종 상장은 아버지가 도맡아 쓰시곤 했다.

그런 날이면 나는 먹을 가는 일, 상장의 용지를 살펴드리는 일 같은 자질구레한 일들을 거들었지만, 조금도 지루하지 않았다. 상의 종류에 따라 행서 또는 예서 등으로 자체를 바꾸어가면서 쓰시는 것이 너무도 신기했기 때문이다.

아버지는 자식들의 행실에 수반되는 훈육에 대해서만은 대단히 엄격하였다. 나는 공부보다 극장에 드나드는 일에 더 열중했던 탓으로 늘 아버지의 엄한 훈도에 시달려야 했다. 아버지의 훈도는 자질구레한 잔소리가 아니라, 몇 가지의 잘못을 모아서 호되게 다스리는 큰 꾸중이었기에, 나는 언제나 쥐구멍을 찾기가 바빴다.

그런 아버지도 쉰세 살 되시던 해 중풍으로 쓰러지셨다. 그 뒤 장장 18년 동안 거동을 못하고 누워 계시는, 엄청난 고난을 겪으셨다. 그런 가운데서도 간혹 내가 일본으로 취재를 가게 되면 병석에 누우신 채로 일본어의 바른 사용법을 일깨워주셨다. "일본인에게는 다테마에(거짓치레)와 혼네(본심)가 있음을 명심하라!"는 따끔한 가르침도 잊지 않으셨다.

어느 해던가. 시나리오 작가들이 거리로 나가서 수해의연금을 모금하고 있다는 라디오 방송을 듣고, 원고를 쓰고 있는 나를 부르셨다. 사회의 공공이익에 봉사하는 것을 최우선으로 삼는 것이 참인간의 도리임을 꾸중으로 타이르기 위해서였다. 그러고는 당장 나가서 동료들과 합류하라고 엄명을 내리셨다.

아버지의 18년 병상을 두고 사람들은 "장병에 효자 없다"는 말로 날 위로하지만, 효자라는 어휘를 입에 담기조차도 민망할 만큼 나는 아버지를 위해 해드린 것이 없다. 늘 송구스러운 마음으로 옛 일을 되새기지만, 어느새 나도 돌아가실 때의 아버지 나이를 훌쩍 넘겨버린 노인이 되고 말았다.

필자가 결혼한 직후인 1957년 찍은 가족사진. 앉아 있는 사람이 선친인 고(故) 신만선·최정애 부부, 바로 뒤가 신봉승·남옥각 부부.

한 명의 아버지가 백 명의 선생보다 낫다.
― 조지 허버트 (16~17세기 영국의 시인·신부)

'그 아버지에 그 딸'
그 황송한 말을 위해

김혜자

내가 아주 오래 전 어느 고아원에 갔을 때, 그곳 원장님이 "아버님이 사회부 차관으로 계실 때 우리 고아원을 그렇게 도와주셨는데, 이제 따님이 오셨군요" 하며 반기셨습니다. "정말 그 아버지에 그 딸입니다" 하시며. 아버지를 닮은 딸이 되고 싶습니다.

연기자

1941년 서울 출생. 경기여자고등학교를 졸업하고 이화여자대학교에서 생활미술을 전공했다.

1963년 KBS 공채 탤런트 1기로 데뷔한 이래, 「전원일기」「여자는 무엇으로 사는가」를 비롯한 80여 편의 텔레비전 드라마에 출연해, 국민배우가 됐다. 연극 「유다여, 닭이 울기 전에」「사할린스크의 하늘과 땅」으로 무대에도 섰다. 영화로는 「만추」「마요네즈」가 있다.

MBC 연기대상·페미니즘 대중문화 예술대상·스타 선행 대상·위암 장지연상 등을 수상했다.

10년 넘게 국제구호단체인 「월드비전」친선대사로 일하고 있다.

아버지 김용택 선생은 1952년 2월부터 3년간 사회부(보건복지부) 차관을 지냈다.

김혜자

'그 아버지에 그 딸' 그 황송한 말을 위해

아버지는 어느 여름날 낮잠을 주무시다가 돌아가셨습니다.

연세가 일흔아홉 되셨으니까 조금씩 몸이 안 좋으셨지만, 막상 돌아가신다는 생각은 해본 적이 없었습니다. 모두들 "김 박사는 죽음 복도 타고났다"고 했지만, 나는 식구들과 이별의 말 한마디 없이 그렇게 가시는 게 무슨 복이란 말인가, 그냥 서럽기만 했습니다.

그러던 나도 이제는 아버지처럼 그렇게 가고 싶습니다. 되돌아올 수 없는 길을 가면서 무슨 말이 필요할까요.

돌아가시기 얼마 전, 우리 집에 놀러 오셨다가 소파에 누우신 채 소변을 보신 적이 있습니다. 헝겊으로 된 소파가 흥건히 젖었습니다. 별로 편찮으시지도 않았는데 아기처럼. 나는 그때 "아버지 창피하게… 아줌마가 뭐라 그러겠어요? 빨리 일어나세요" 했던 것 같습니다.

— 김혜자 109

아버지는 그냥 또 아기처럼 웃으셨습니다. 우리 아버지가, 멋있는 우리 아버지가 왜 이런 실수를 하셨을까? 어디가 안 좋으신가? 걱정보다는 싫고 창피했던 기억이 갑자기 나는군요.

아버지를 목욕시켜드리면서 울었던 생각도 납니다. 양복 속에 감추어져 있던 아버지의 몸은 너무 말라 있었습니다. 살갗이 이리 밀리고 저리 밀리는 노인이셨습니다.

몹쓸 년입니다. 아버지가 나를 얼마나 끔찍이도 예뻐하셨는데. 서른일곱에 나를 낳으신 아버지는 "양념딸, 내 양념딸" 하시며 나를 꼬옥, 꼬옥꼭 안아주시곤 했습니다.

아버지는 열일곱 살에 결혼하시고, 두 살 위인 어머니 사이에 두 딸을 낳으셨습니다. 그러고는 유학길에 오르셨습니다. 일본으로 해서 미국으로, 그 세월이 15년입니다. 그래서 언니와 내 나이 차가 15년입니다.

아버지가 유학 떠나시던 날, 층층시하 어른들 계신데 눈 한번 못 맞추고 어머니는 부엌문 앞에 서 계셨답니다. 아버지는 어른들께 전부 인사를 드리고 부엌 쪽으로 와서 고개 숙인 어머니에게 이렇게 했다지요.

"나 물 한 그릇 주시오."

어머니는 부끄럽고 당황해 냉수 한 그릇을 얼른 떠 아버지께 드렸답니다. 그때 얼핏 아버지와 눈이 마주치셨답니다.

나는 이 얘기를 들을 때마다 이유 모를 슬픔에 가슴이 아픕니다. 아버지는 물을 청하는 것으로 청초한 아내에게 사랑의 표현을 한 것이고, 어머니는 아버지를 한번 올려다보시는 것으로 아버지의 사랑에 답하고.

그 순간의 사랑 표현으로 15년을 사셨겠지요. 대갓집 며느리로 아침상을 열여덟 번씩 차려야 하는 고된 시집살이에, 밤이 되면 두 딸을 껴안고 파김치가 되어 잠드셨겠지요.

아버지는 어린 나이에 결혼했다가 안타까운 생이별을 하셨지만, 청춘을 아름답고 찬란하게 보내셨을 것 같습니다. 누구의 참견도 받지 않고 이국에서 공부하는 것은 힘든 일이기도 했겠지만, 그 또한 젊음의 특권이 아니었을까 합니다. 한번은 이런 말씀을 하신 적이 있습니다.

"혜자야, 여름에 미국에서 제일 좋은 잠자리가 어딘지 아니? 공동묘지란다. 거기는 대부분 대리석으로 깨끗하고 아름답게 치장이 돼 있어서 그렇게 시원하고 좋을 수가 없어."

하늘에 가득 찬 별을 바라보며 아버지는 보라색 도라지꽃 같은 어머니를 생각하셨답니다. 하지만 15년 내내 어머니만 생각하셨겠어요? 여자친구도 생기고, 그러셨겠지요. 아버지 앨범을 보면 세련된 미국 여학생들과 찍은 사진도 많았습니다.

여섯 살 때 아버지와 어머니 그리고 남동생과 함께 사진관에서 가족사진을 찍었다. 지금의 나보다 훨씬 젊은 어머니 모습에 내가 담겨 있다.

아버지는 내게 시를 많이 읽어주셨어요. 지금도 잊히지 않는 것이 「님의 침묵」입니다.

"혜자야, 여기서 님은 누굴까?"

내가 초등학교 때일 거예요.

"사랑하는 사람이잖아요."

"응. 그것도 맞아. 그런데 꼭 사람을 가리키는 것은 아니야. 잃어버린 내 나라일 수도 있고, 그래."

님이 나라란 말인가. 의문이 들었지만, 아버지의 이런 설명이 나를 키워주었다고 생각합니다.

아버지는 동물을 참 좋아하셔서 우리 집엔 거위, 원숭이, 오리, 개, 고양이 모두모두 있었습니다. 어느 날은 다리가 세 개밖에 없는 개를 주워 오셨습니다. 삼발이 보셨어요? 다리 하나가 무릎 근처에서 없어진. 그 개를 깨끗이 목욕시키고 키웠습니다. 애꾸눈 고양이도 있었어요. 우리는 아주 사이좋게 살았습니다.

내가 배우가 되는 것도 아주 좋아하셨지요. "좋은 배우가 돼라. 공부 많이 해서…" 그러셨으니까요.

내가 아주 오래 전 어느 고아원에 갔을 때, 그곳 원장님이 "아버님이 사회부 차관으로 계실 때 우리 고아원을 그렇게 도와주셨는데, 이제 따님이 오셨군요" 하며 반기셨습니다. "정말 그 아버지에 그 딸입니다" 하시며.

아버지를 닮은 딸이 되고 싶습니다.

좋은 농군에게는 나쁜 땅이 없다
권홍사

나의 아버지. 그분은 나에게 현실의 어려움에 굴복하는 나약한 모습 혹은 현실의 안락함에 안주하는 나태한 모습이 아니라, 현재의 어려움에 당당하게 맞서는 강인한 정신력을 늘 보여주려고 노력하셨다. 아무리 어렵고 가난해도 자식들에게 용기와 신념을 잃지 말고 꿈을 갖고 생활하도록 이끈 분이다.

권홍사

(주)반도 대표이사 회장 · 대한건설협회 회장

1944년 경북 의성 출생. 동성고등학교를 거쳐 동아대학교 건축공학과를 졸업했다. 부산대학교 경영대학원·경남대학교 북한대학원 남북경협아카데미·고려대학교 컴퓨터과학기술대학원을 수료했다.

경남대학교에서 명예공학박사 학위를 받았다. 대한체육회 이사·서울시 승마협회 회장을 역임하고, 부산은행 사외이사·민주평화통일자문회의 부의장을 겸하고 있다.

동탑산업훈장·국민훈장 모란장을 수훈했다.

좋은 농군에게는 나쁜 땅이 없다

　　　　　　한때 『아버지』라는 장편소설이 발행된 직후 단기간에 1백만 부의 판매기록을 세운 적이 있다. 이를 두고 "아버지 신드롬"이라는 말이 유행어처럼 번졌다. 그러나 아버지 신드롬은 어느 날 갑자기 생긴 게 아니라, 과거에도 있었고 앞으로도 계속 있을 수밖에 없을 것이다.

　아버지는 가정과 사회에서 가장 중요한 존재다. 그러나 적지 않은 이 땅의 아버지들은 어깨 위에 얹힌 삶의 무게로 언제나 외로움을 느끼며 힘겹게 살아간다. 이것이 우리네 아버지의 자화상이다. 우리는 아버지 없는 시대, 부권(父權)이 추락하거나 아예 상실돼버린 시대에 살고 있다. 아버지의 모습이 쉬지 않고 스쳐가는 이유도 이 때문일 것이다.

　나의 아버지. 그분 역시 두 어깨 가득 무거운 짐을 지고 우리 8남매를 키웠다.

내가 태어난 곳은 경북 의성군 다인면 삼분리. 그 당시 대부분의 농촌이 그랬듯이, 그곳 역시 하늘만 바라보는 천수답이 그나마 유일한 재산이었다. 그러니 찐 고구마와 감자로 끼니를 때우기 일쑤였고, 소나무껍질과 오디로 허기를 면할 때가 많았다. 친구들과 들판에 나가 개구리를 구워 "영양식"을 대신한 기억도 생생하다.

그런데도 지금 남아 있는 아버지에 대한 추억은 가난에 찌든 그런 모습이 아니다. 언제나 삶에 대한 자신감이 흘러 넘쳤고, 여유로움이 가득 찼다. 술과 담배를 즐기는 호인에다, 십팔번 노래나 다름없는 「백구 타령」으로 주변의 웃음을 자아내기 일쑤였다.

여러 남매를 둔 농부답지 않게 별로 쫓기는 모습을 보인 적이 없었고, 주머니에 한 푼이라도 있으면 못 먹고 못 입는 사람에게 베푸는 것을 잊지 않는 그런 분이었다. 뼈 없이 좋은 사람이란 말이 나올 만큼, 그저 남들 돕는 일이라면 하던 일도 멈추는 분이 우리 아버지였다. 오죽하면 "날아가는 까마귀 불러다 밥 먹일 사람"이라는 말을 들었을까.

자식들에게도 마찬가지였다. 생활은 어려웠지만 늘 웃음을 잃지 않고 골고루 사랑을 쏟아 부었다고 형제들은 기억하고 있다. 비록 일곱 번째인 나는 유독 어머니를 많이 닮았기 때문에 다른 형제들에 비해 아버지로부터 사랑을 덜 받은 것으로 알고 있지만.

고향에 가서 동네 어른들을 만나면, 그분들은 당시 아버지의 모습을 "삼분리 아이젠하워"로 묘사한다. 얼굴은 가무잡잡하지만 키가 크고 서글서글한 서구적 인물이 시골 사람들의 눈에는 그 당시 미국 대통령 아이젠하워와 닮은꼴로 보였던 모양이다.

참 묘한 일이다. 언젠가 평소 잘 아는 어느 언론인이 나를 두고 샘 월튼과 같은 사람이라고 한 적이 있다. 그때 나는 돌아가신 아버지를 생각했다. 아버지는 아이젠하워 대통령을 닮았고, 나는 샘 월튼을 닮았다? 월마트를 세계적인 기업으로 키운 그와 나를 비교할 수 있을까마는, 집념이나 승부욕, 사람을 이끄는 힘을 보면 샘 월튼이 연상된다는 설명이었다.

그때 나는 그에게 "좋은 농사꾼에게는 나쁜 땅이 없다"는 말을 한 기억이 난다. 그런 농사꾼의 정신으로 나는 주택사업에 임했다. "많이 짓기보다 잘 짓자"는 모토 아래 지금까지 기업을 이끌어왔는데, 그것이 고객들을 움직인 게 아닌가 생각된다.

국제통화기금(IMF) 체제의 혹독한 경제위기 속에서 많은 기업들이 줄줄이 도산행(行) 열차를 타는 막다른 순간에도 꿋꿋이 기업을 지킬 수 있던 저력 역시 아버지에게 물려받은 영향력 덕분이다.

"짓밟히고 뭉개져도 또다시 돋아나 하얀 꽃을 피우는 질경이처럼 강한 생명력을 지녀야 한다."

어릴 때 귀에 못이 박히도록 아버지에게 들은 이 한마디가 위기 때마다 나를 지켜준 헝그리 정신이다.

가끔씩 고향에 들를 때면 동네 어른들은 "아버지가 생전에 주변 사람들에게 워낙 많은 덕을 베풀고 인정스럽게 살아서 자식들 모두 풍요롭다"는 말을 하곤 한다. 포근함과 편안함을 안겨주는 가장이면서도, 때에 따라서는 따끔하게 독려하고 담금질하는 매서운 스승 같은 이중적 존재 ― 이것이 아버지의 참모습이 아닐까?

필자의 영원한 멘토르, 아버지의 초상화.

동아대에서 건축학을 전공하던 학창시절부터 사업가의 꿈을 갖게 된 것이나, 사업 시작 이후 신문을 보다가 어려운 사람들의 얘기가 나오면 가끔씩 여직원에게 아무도 몰래 금일봉을 전하고 오라고 시킨 일들 또한 따지고 보면 아버지의 이런 모습이 전이된 게 아닌가 생각된다.

"삶에서 정말 중요한 것은 당신이 갖고 있는 소유물이 아니라, 당신 자신이 누구인가 하는 것"이라는 글을 본 적이 있다. 비록 가난한 농부였지만, 아버지야말로 인생의 가치를 무엇을 가지고 있느냐에 둔 게 아니라, 삶에서 여유로움을 찾고 있느냐, 어떤 가치 있는 일을 하느냐에 둔 것 같다.

어차피 가난하게 살 수밖에 없는 상황에서 깨달은 처세술이었을까? 단 한 마지기의 땅조차 자식들에게 물려줄 수 없는 아버지의 그때 그 심경을 짐작하고도 남는다. 척박한 땅 몇 마지기를 가지고 여덟 남매를 키워야 하는 그때 아버지의 그 심정, 그 고생을 나는 사업에 뛰어들고 나서야 피부로 느낄 수 있었다.

아이는 부모라는 거울을 보고 자란다. 부모를 거울삼아 하나의 인격체로 성장하게 되는 셈이다. 그래서 많은 부모들은 자신의 일에 최선을 다하고자 노력한다. 아이 앞에서만이라도 멘토르(Mentor, 오디세우스가 대장정을 떠나며 자식 교육을 맡긴 현자)가 될 수 있도록 노력한다.

나의 아버지. 그분은 나에게 현실의 어려움에 굴복하는 나약한 모습 혹은 현실의 안락함에 안주하는 나태한 모습이 아니라, 현재의 어려움에 당당하게 맞서는 강인한 정신력을 늘 보여주려고 노력하신 것 같다. 아무리 어렵고 가난해도 자식들에게 용기와 신념을 잃지 말고 꿈을 갖고 생활하도록 이끈 분이다.

어린 시절부터 시작된 배고픔과 혈혈단신 객지생활에서의 모진 풍파, 갖은 고생을 성공으로 연결시킨 저력이 나에게 있다면, 그것은 전적으로 아버지의 그런 모습과 정신에서 나온 것이라고 나는 믿고 있다.

딸의 이름 "보라"를 따서 우리 회사 아파트의 브랜드로 삼은 것도 따지고 보면, 아버지가 나의 멘토르가 됐던 것처럼 나도 자녀들의 멘토르가 되기 위한 선택이었다. 딸을 키우는 마음으로 기업을 이끌어 가는데 그 정성에 움직이지 않을 고객이 누가 있을까, 하는 생각에서였다.

세상을 떠난 지 30년이란 세월이 흘렀지만, 지금도 아버지는 영원한 나의 멘토르다. 아버지처럼 나 역시 자녀들에게 "아버지는 우리들의 영원한 멘토르"라는 얘기를 듣기 위해, 나는 지금도 분초를 다퉈 이리 뛰고 저리 뛰며 나름대로 열심히 살아가고 있는지도 모른다.

권홍사

아버지의 덕행은 아들을 위한 가장 큰 유산이다.

― 중국 속담

나를 만든
네 분의 아버지

정운찬

나에게는 아버지가 네 분이다. 생부·양부·스코필드 박사·조순 선생님. 나의 몸과 나의 정신을 키운 아버지들이다. 이분들은 지금 이 순간에도 내 안에 동거하며, 끊임없이 말을 걸어오신다. 부드럽지만 준엄하게 명령하신다. 더 부지런하게, 더 정직하게, 더 정의롭게, 더 사랑하며 살라고.

경제학자 · 서울대학교 총장 · 포스코 청암재단 이사

1947년 충남 공주 출생. 경기고등학교를 거쳐 서울대학교 경제학과를 졸업했다. 프린스턴에서 박사 학위를 취득한 뒤 컬럼비아 대학교 조교수·서울대학교 교수·사회과학대학장을 역임했다.

저서로 『중앙은행론』, 『예금보험론』, 『거시경제론』, 『화폐와 금융시장』, 역서로 『중앙은행의 이론과 실제』 등이 있다.

주요 논문은 「하이에크와 케인즈」(『하이에크 연구』, 민음사, 1995) 「IMF 구제금융 이후의 한국경제」(『철학과현실』 봄호, 철학문화연구소, 2001) 등 다수.

정운찬

나를 만든 네 분의 아버지

나에게는 아버지가 네 분이다. 생부·양부·스코필드 박사·조순 선생님. 나의 몸과 나의 정신을 키운 아버지들이다. 이분들은 지금 이 순간에도 내 안에 동거하며, 끊임없이 말을 걸어오신다.

첫 번째 아버지에 대해서는 그리 많은 것을 기억하지 못한다. 아홉 살 되던 해 여의었기 때문이다. 그럼에도 선친은 내 어린 시절의 중앙에 자리 잡고 계신다. 아직도 그분의 그리운 음성이 귓가에 맴돌며, 때때로 속삭이기까지 한다.

"밥 먹을 때, 손에 닿지 않는 음식은 집으려고 하지 마라."
"세 번 이상 부르지 않으면 잔칫집에 가지 마라."
당시에는 이를 평범한 밥상머리 자식교육으로만 여겼다. 훗날, 그분의 삶에 대한 엄정한 자세와 연관시켜보니, 새로운 의미가 추가 되곤 한다. 그 말씀에는 '욕심을 멀리하고 겸양의 미덕을 갖추어라'거나 '분수를 지키고 처신을 무겁게 하라'는 메시지가 함축되어 있었던 것이 아닌가 하는…

아버지는 철부지 어린 자식에게도 반말을 하지 않는 부드러운 분이셨다. "자네, 그럼 안 되네." "이것 좀 하게." 이것이 꾸지람의 전부였다. 간혹 당신의 안양반 — 나의 어머니를 나무라실 때조차도 가장 심한 표현이 "저 여편네가 그러면 어떡하시나?" 정도였다.

초등학교와 중학교 시절, 내 통지표 하단의 통신란에는 "성실근면하다"는 평가에 꼬리표 하나가 붙어 다녔다. "지나치게 성인다운 모습을 보이는 것은 바람직하지 않음"이라는 선생님들의 염려였다. 그 분들 눈에는 내가 어린 시절을 건너뛴 애늙은이로 비쳤던 모양이다.

아버지가 돌아가신 이후에도 당신의 가르침은 상당 기간 나를 지배하였다. 소년답지 않은 소년인 나는 말과 행동을 자제하며 매사를 삼갔다.

단편으로 조각난 나의 기억 안에 남아 있는 아버지는 서생이셨다. 할아버지는 경제적으로 상당히 여유 있는 분이셨다고 한다. 그 정도면 1905년생인 당신의 아들을 서울이나 도쿄에 유학 보내실 만했다. 하지만 할아버지는 아들이 일제에 노출되면 신원이 위태롭다고 판단하셨다. 아들을 보호하겠다는 일념에서, 울안에 가두고 한문을 가르치셨을 뿐이다.

6·25전쟁 이후 아버지는 식솔들을 이끌고 고향인 공주에서 서울로 올라오셨다. 아이들 교육을 위한 단호한 결정이었다. 우리들의 객지생활은 그러나 그렇게 수월하지 않았다. 그뿐인가. 동숭동

낙산 비탈의 구옥 한 칸을 빌어 일곱 식구가 셋방살이를 한 지 이태 만에 아버지는 말없이 세상을 떠나셨다. 1956년, 내 나이 아홉 살 때였다. 어린 나이에도 유교적 전통에 따라 초상·소상·대상을 치르며 하루도 거름 없이 상복을 입고 상식을 올렸다. 그러자니 어려운 집안 살림은 더욱 어려워졌다.

내 두 번째 아버지는 숙부이시다. 작은아버지는, 늘 책을 읽으며 말씀이 그다지 없으셨던 아버지와는 딴판이었다. 괄괄하고 씩씩한 성격이었다. 딸만 있었던 그분은 나를 당신의 양아들로 삼고 싶어 하셨다. 아들이 둘인 당신의 형수에게 늘 "운찬이는 우리 아들입니다"라는 말을 입버릇처럼 되풀이하셨다. 방학 때 공주에 놀러 갈라치면, 작은아버지는 잉어도 잡아주고 맛난 음식도 장만해주셨다.

1960년대 초반인가, 작은아버지는 결국 나를 정식으로 법적 양자로 삼으셨다. 하지만 그분도 몇 년 안 되어 세상을 떠나고 말았다.

딸 부잣집 작은아버지의 외아들이 되어, 나는 훗날 군복무 소집연기를 받았다. 60년대 후반 논산훈련소에 입소한 나에게 '부선망(父先亡) 독자의 군 소집연기'를 규정한 당시 병역법 44조가 적용된 것이다. 그 후 나는 70년대 후반 법에 따라 징집면제까지 받았다.

세 번째 아버지는 기미독립운동을 주도한 민족대표 33인에 더하여 "34번째 대한민국 독립운동가"로 추앙받는 프랭크 스코필드 박사다. 세균학을 전공한 영국태생 캐나다인이지만, 1916년 세브란스에 들어온 이래 대한민국에 헌신하신 위인이다. 그분은 한국을 너무나 사랑했고 '석호필'(石虎弼)이라는 우리 이름까지 갖고 계셨다.

1960년 경기중학교에 들어간 내가 등록금을 지원받으면서부터 그분과의 인연은 시작되었다. 서울대학교 초빙교수이셨던 스코필드 박사는 한국학생들에게 성경을 가르치고, 어려운 학생들을 위해 장학사업을 펼치셨다. 의로운 정신을 함양시키는 데에도 심혈을 기울이셨다.

특히 내 가슴 속에 뿌리내린 것은 그분의 철학적 신념이었다. 그분은 약자에게는 비둘기 같은 자애로움을 펼치셨으나, 강자에겐 호랑이 같은 엄격함을 고수하셨다. 그리고 한국 사회의 부조리를 사랑으로 거침없이 꼬집으셨다.

"부자는 더 큰 부자가 되고, 가난한 자는 더욱 가난해진다"(The rich become richer, the poor become poorer.)는 사회현상을 "부익부 빈익빈"이란 간명한 용어로 처음 함축한 분도 스코필드 박사이시다. 그분은 내게 늘 건설적인 비판정신을 강조하셨다.

중학교 2학년 어느 날, 내게 꿈이 무엇이냐고 물으셨다. "우리 집안에 3대째 정승이 끊겼다"는 어머니의 한탄을 들으며 자란 나는 막연히 국회의원이 되겠다고 답했다. 그분은 고개를 가로저으셨다. 정치판은 기본적으로 그리 깨끗한 데가 못 된다는 것이었다.

그러나 사회가 어려움에 처할 때는 몸과 마음을 바칠 수 있어야 한다고 강조하셨다. 나에게 그 가르침은 1986년, "장충단 체육관 선거를 종식하고 국민들의 손으로 대통령을 뽑자"는 교수들 서명운동을 주도하도록 만든 원동력이 되었다. 그분의 말씀은 내게 삶의 지침이 되어, 정치와 거리를 두는, 그러나 사회 속에 몸담은 지식인의 길을 가게 만들었다.

1970년 4월 유명을 달리하실 때까지 10년의 세월을 함께 보낸 스코필드 박사는 나의 세 번째 아버지이시다. 도덕적 뿌리를 넘어 경제적으로나 정신적으로 나를 키워주신 위대한 아버지.

나에게 또 한 분의 아버지는 '학문적 아버지'인 조순 선생님이시다. 그분은 학문적 지주가 되어 나를 경제학도로 키워주셨다. 캘리포니아(버클리) 대학 박사인 선생님은 미국 대학 교수직을 접고, 1967년 39세에 서울대로 부임하셨다. 당시 나는 대학 2년생이었다.

선생님과 대면한 첫날, 첫 강의에서, 나는 충격을 받았다. 내 일생을 바칠 탐구의 대상을 발견했기 때문이다. 모든 경제학도의 선망의 대상이었던 선생님은 동서양을 넘나들며 경제학에 관한 방대한 세계를 펼쳐보여 주셨다. 지적 호기심으로 목말라 있던 나는 선생님이 소개하는 경제학 서적들에 탐닉하기 시작하였다. 특히 새뮤얼슨의 『경제학 개론』과 케인즈의 『일반 이론』은 여름날 갈증을 달래주는 첫 맥주잔 같았다.

선생님의 지적 자극은 1970년 대학 졸업 이후에도 계속되었다. 늙으신 어머니를 가난의 질곡으로부터 구하겠다며 한국은행원이 된 나를, 선생님은 다시 학문의 세계로 불러들이셨다. 유학 가서 계속 공부하는 것만이 난해한 한국경제를 읽어낼 수 있는 첩경이라며, 공부를 더 할 것을 권하셨다. 1년 반 만에 한국은행을 그만두고, 나는 미국으로 유학을 떠났다. 그리고 프린스턴 대학 경제학 박사가 되었다.

정운찬

그 이후에도 선생님의 가르침은 계속되었다. 마침내 미국 컬럼비아 대학에서 교수를 하던 나를 서울대로 끌어주시기까지 하였다. 선생님은 명실상부한 나의 학문적 아버지이시다.

선친을 비롯하여 나를 만든 아버지들. 그분들 각각의 삶과 말씀은 내 인생의 고비마다 나를 채찍질하고 지탱하는 버팀목이 되고 있다. 오늘도 나의 아버지들은 내게 부드럽지만 준엄하게 명령하신다. 더 부지런하게, 더 정직하게, 더 정의롭게, 더 사랑하며 살라고.

광야를 달리는 말

김 훈

"아버지는 꼭 허클베리네 아버지 같아요."
그때 아버지는 술에 취해 있었는데, 내 말이 무엇을 겨누고 있는지를 대번에 알아차렸다. 아버지가 허공을 올려다 보더니 한참 뒤에 말했다.
"광야를 달리는 말이 마구간을 돌아볼 수 있겠느냐?"

김 훈

소설가

1948년 서울 출생. 휘문고등학교를 졸업한 뒤, 고려대학교에서 영문학을 공부하다가 1973년 한국일보에 입사했다. 시사저널·국민일보·한겨레에서도 일했으며, 지금은 전업 작가로 활동 중이다.

장편 『칼의 노래』『현의 노래』『개』를 쓰고, 한국일보 후배 기자 박래부와 함께 쓴 문학기행 『제비는 푸른 하늘 다 구경하고』(하나·둘) 등을 펴냈다.

동인문학상·이상문학상·황순원문학상을 수상했으며, 서울언론인클럽 기획취재상을 받았다.

아버지 김광주(金光洲·1910년~1973년) 선생은 중국에서 독립운동을 한 뒤 광복 이후 귀국해 경향신문 문화부장·부국장을 역임했다. 단편집 『결혼도박』『연애제백장』『혼혈아』 장편 『태양은 누구를 위하여』『석방인』 등을 발표했다. 흔히 대표작으로 단편 『악야(惡夜)』와 장편 『석방인』을 꼽는다. 창작 무협소설 『비호』로도 유명하다.

광야를 달리는 말

아버지를 묻던 겨울은 몹시 추웠다. 맞바람이 치던 야산 언덕이었다. 언 땅이 곡괭이를 튕겨내서, 모닥불을 질러서 땅을 녹이고 파내려갔다. 벌써 30년이 지났다. 그때 나는 육군에서 갓 제대한 무직자였다.

아버지는 오래 병석에 누워 계셨고, 가난은 가히 설화적이었다. 병장 계급장을 달고 외출 나와서 가끔씩 아래를 살펴드렸다. 죽음은 거역할 수 없는 확실성으로 그 언저리에 와 있었다. 아래를 살필 때, 아버지도 울었고 나도 울었다.

"너 이러지 말고 나가서 놀아라. 좀 놀다가 부대에 들어가야지."

아버지는 장작처럼 마른 팔다리를 뒤척이면서 그렇게 말했다.

땅을 파는 데 한나절이 걸렸다. 관이 구덩이 속으로 내려갈 때, 내 어린 여동생들은 따라 들어갈 것처럼 땅바닥을 구르며 울었다. 불에 타는 듯한, 다급하고도 악착스런 울음이었다. 나는 내 여동생들

— 김 훈

을 꾸짖어 단속했다.

"요사스럽다. 곡을 금한다."

내 아버지께 배운 말투였다. 여동생들은 질려서 울지 못했다. 아버지의 관이 내려갈 때 나는 비로소 내 여동생들의 '오빠'라는 운명에 두렵고도 버거운 충만감을 느꼈다. 나는 가부장의 아들로 태어난 가부장이었던 것이다. '오빠'라는 호칭은 지금도 나에게 두렵고 버겁다. 나는 둘째 아들이기 때문에 내 여동생들은 나를 '작은오빠'라고 부른다. 이, '작은오빠'라는 호칭은 여전히 나를 목 메이게 한다.

지금은 한식날 아버지 무덤에 성묘 가서도 나는 울지 않는다. 내 여동생들도 이제는 다들 나이 먹어서 울지 않는다. 슬픔도 시간 속에서 풍화되는 것이어서, 30년이 지난 무덤가에서는 사별과 부재(不在)의 슬픔이 슬프지 않고, 슬픔조차도 시간 속에서 바래지는 또 다른 슬픔이 진실로 슬펐고, 먼 슬픔이 다가와 가까운 슬픔의 자리를 차지했던 것인데, 이 풍화의 슬픔은 본래 그러한 것이어서 울 수 있는 슬픔이 아니다.

우리 남매들이 더 이상 울지 않는 세월에도, 새로 들어온 무덤에서는 사람들이 울었다. 이제는 울지 않는 자들과 새로 울기 시작한 자들 사이에서 봄마다 풀들은 푸르게 빛났다.

내 아버지는 공회전과 원점회귀를 거듭하면서 한국 현대사의 황무지에 맨 몸을 갈았다. 그는 비명을 지르며 좌충우돌하면서 그 황무지를 건너갔다. 건너가지 못하고, 그 돌밭에 몸을 갈면서 세상을 떠났다. 그의 생업은 신문기자이거나 소설가였는데, 밥을 온전히 먹을 수 있는 노동은 아니었다.

그는 장강대하(長江大河)와도 같은 억겁의 술을 마셨다. 그는 1940년대의 상해와 중경에서 마셨고, 1950년대의 서울과 피난지 부산에서 마셨다. 그는 만주에서 마셨고, 식민지의 국경선에서 마셨고, 전쟁으로 잿더미가 된 반도에서 마셨다.

그는 이승만 정권·장면 정권·윤보선 정권을 향해 활화산과도 같은 저주를 품어냈다. 폐지 수집하듯이 매절원고를 몰아가서 원고료를 잘라먹는 출판업자들과, 외상값을 독촉하는 술집주인들, 호적초본을 떼어주면서 턱으로 사물을 가리키는 구청직원들과, 껌을 씹으며 병실에 들어오는 간호원들을 그는 이를 갈며 증오했다.

그는 문협 이사장 선거와 예총 회장 선거를 증오했고, 신문 연재소설이나 대학 선생자리를 얻으려고 쇠고기 몇 근을 끊어가지고 권력자를 찾아다니는 자들의 가엾은 몰골을 연민했으며, 소인잡배 들끓는 한국문단을 버러지처럼 경멸했다.

아버지는 한 달에 두어 번씩만 집에 다녀갔다. 아버지가 어디를 헤매고 다니는 것인지를 우리는 알지 못했고, 묻지 못했다. 아버지가 오시는 새벽에 나는 주전자를 들고 시장에 가서 해장국을 사다드렸고, 아버지가 누운 방 아궁이에 장작불을 땠다. 아버지는 늘 예고 없이 오셨기 때문에, 차가운 구들을 덥히려면 날이 훤히 밝을 때까지 아궁이 앞에 쭈그리고 앉아서 불을 때야 했다.

아버지는 잠들지 못하시는지, 방 안에서는 쿨룩쿨룩 기침소리가 들렸다. 아버지의 기침소리는 몸속의 한구석이 무너져 내리는 듯이 거칠고 깊었다. 기침소리에, 몸속이 무너지고 찢어지는 소리가 섞여 있었다. 아버지의 방 아궁이에 장작을 때면서 나는 오직 아버지의 기침이 멎기만을 빌었다.

불 때기를 마치고 아버지의 방으로 들어가서 요 밑에 손을 넣어보면 방바닥은 그제야 온기가 돌았다. 아버지는 침을 흘리며 잠들어 있었다. 잠든 아버지를 들여다보면서, 나는 아버지의 몸과 마음이 모두 잠들어서 아버지가 적어도 당분간만이라도 이 세상을 괴로워하지 않는 그 짧은 동안을 감사했고 안도했다.

대낮이 되어서 자리에서 일어난 아버지는 나를 불러서 천자문을 써보라고 하셨다. 아버지가 글자를 부르면 내가 받아썼다. 내가 글자 몇 개를 받아쓰지 못하자 아버지는 "진서를 배워라. 언문으로는 안 돼" 한마디를 남기고 또 어디론지 나갔다. 우리는 아버지의 행선지를 묻지 않았다.

우리가 셋방에서 셋방으로 이사를 할 때도 아버지는 오지 않았다. 아버지는 우리들이 이사 간 집을 알지 못했다. 며칠 뒤 아버지는 복덕방에 가서 새로 이사 온 집을 물어서 찾아오곤 했다. 이사 온 집을 한번 돌아보고 나서, 아버지는 우리를 야단쳤다.

"너희는 배산임수를 모르느냐?"

아아, 배산임수(背山臨水). 산을 등지고 흐르는 물을 앞에 두르는 낙원에, 아버지와 우리는 한 번도 갈 수 없었다. 그래서 배산임수를 타박하는 아버지의 말은 우리를 야단치는 말이 아니라 당신의 그리움을 토로하는 말처럼 들렸다.

중학교 때 나는 『허클베리 핀의 모험』이라는 소설에 빠져 있었다. 학원사에서 나온 청소년용 문고판이었는데, 겉표지는 노란색이었고 삽화가 들어 있었다. 마크 트웨인의 소설 중에서도 허클베리는 톰 소여보다 훨씬 더 재미있었다. 허클베리는 공부 못하고 집구석은 가난하고 싸움 잘하고 말썽만 부리는 불량청소년이었지만, 미지의 세계에 대한 동경과 모험심으로 가득 차 있었고, 그 동경을 실천할 수 있는 결단성과 행동력을 가진 소년이었다.

허클베리네 아버지는 술주정뱅이에다 돈은 안 벌어오고 집에도 안 들어오는 사내였다. 다시는 술 안 먹겠다고 아들한테 맹세해놓고서 그 다음날 대낮부터 또 마시는 사내였다. 어렸을 때 나는 내 아버지가 허클베리 아버지와 비슷하다고 생각했었다. 중학교 1학년 때였던가. 천지분간 못하는 나는 어느 날 모처럼 집에 온 아버지에게 물었다.

"아버지는 꼭 허클베리네 아버지 같아요."

그때 아버지는 술에 취해 있었는데, 내 말이 무엇을 겨누고 있는지를 대번에 알아차렸다. 아버지가 허공을 올려다보더니 한참 뒤에 말했다.

"광야를 달리는 말이 마구간을 돌아볼 수 있겠느냐?"

나는 대답하지 못했다. 아버지는 또 말했다.

"내 말이 너무 어려우냐?"

아버지에게 말을 달릴 선구자의 광야가 이미 없다는 것을 나는 좀 더 자라서 알았다. 아버지는 광야를 달린 것이 아니고, 달릴 곳 없는 시대의 황무지에서 좌충우돌하면서 몸을 갈고 있었던 것이었다.

필자의 현재 나이와 같던 시절의 아버지.

　아버지는 당신이 쓰신 무협소설이 좀 팔려서 돈이 생기던 시절, 장안의 술값을 혼자서 다 내고 다녔다. 어머니의 명령으로 돌아오지 않는 아버지를 찾으러 거리에 나갔다가 술집에서 아버지를 만난 적도 있었다.
　홀 전체의 술값을 다 내더니, 종업원을 불러서 "야, 2층은 얼마냐?" 물어서 2층 술값까지 다 냈다. 1층이고 2층이고 간에, 그 술집에 모인 술꾼들은 모두 다 아버지의 친구였고 선배거나 후배였다. 나는 그런 아버지를 보면서 '나는 언제나 좀 저래보나…' 하면서 부러워했던 적도 있다. 그것이 아버지의 가엾은 '광야'였다.
　상하이 임시정부에서 김구의 수발을 들면서 한 생애를 보낸 아버지는, 그의 스승이며 등대였던 김구의 기일이 되면 효창공원 묘소에 가서 술을 마셨다. 아버지는 땅에 쓰러져 "선생님, 선생님"을 부르며 새벽까지 울었다.

  70년대의 기라성 같은 청년작가 김승옥이 단편소설 「무진기행」을 발표했을 때, 아버지의 문인 친구들은 우리 집에 모여서 술을 마셨다. 그들은 모두 김승옥이라는 벼락에 맞아서 넋이 빠진 상태였다.

  "너 김승옥이라고 아니?"

  "몰라, 본 적이 없어. 글만 읽었지."

  그들은 "김승옥이라는 녀석"의 놀라움을 밤새 이야기하면서 혀를 내둘렀다. 새벽에 아버지는 "이제 우리들 시대는 이미 갔다"며 고래고래 소리를 질렀다. 나는 식은 안주를 연탄아궁이에 데워서 가져다드렸다. 아침에 아버지의 친구들은 나에게 용돈을 몇 푼씩 주고 돌아갔다.

  나는 고등학교 때 담배를 배웠다. 다른 아이들이 권련을 피울 때, 나는 아버지의 파이프를 훔쳐서 피웠다. 학교에서 파이프를 피우다가 선생님한테 빼앗기고 벌을 섰다. 다음날 아버지가 학교에 와서 빼앗긴 파이프를 받아냈다. 아버지는 그 파이프를 나에게 돌려주셨다.

  "너 가져라. 학교에는 가져가지 마라. 너, 담배 줄여."

  아버지는 자상하지 않았고 가정적이지 않았다. 아버지는 가난했고 거칠었으며 늘 울분에 차 있었다. 아버지에게 광야란 없었다. 아버지는 그 불모한 시대의 황무지에 인간의 울분과 열정을 뿌리고 갔다. 나는 언제나 그런 아버지의 편이었다. 내가 너무 아버지 편을 들어서 늙은 어머니는 지금도 내가 못마땅하지만 어쩔 수가 없는 일이다.

"사내놈들은 다 한통속이야."

어머니는 지금도 그렇게 말씀하신다.

아들이 아버지를 온전히 이해하려면 아버지의 나이가 되어야 하는 모양이다. 아버지의 육신도 이제는 풍화가 끝나서 편안할 것이다. 아버지의 죄업과 아버지의 방황과 아버지의 울분도 이제는 다 풍화되었을 터이다. 지난 한식 때 새로 심은 잔디가 잘 퍼져 있다.

말없는 말

정호승

아버지는 일찍이 실패의 소중한 의미 또한 내게 가르쳐주셨다. 인생에 성공이란 없다는 것을. 되풀이되는 실패의 과정이 곧 인생이며, 그 과정을 인내하는 것이 곧 성공이라는 것을.
아버지처럼 말이 없는 데서 말이 이루어지고, 보이지 않는 데서 보이는 그 무엇이 시라는 것을 나는 믿는다.

정호승

시인

1950년 경남 하동 출생. 경희대학교 국어국문학과를 다녔다.

1972년 한국일보 신춘문예 동시 부문에 당선돼 등단했으며, 1973년 대한일보 신춘문예(시 부문), 1982년 조선일보 신춘문예(단편소설 부문)에도 당선됐다.

시집 『슬픔이 기쁨에게』『서울의 예수』『사랑하다가 죽어버려라』『외로우니까 사람이다』『이 짧은 시간 동안』, 동화집 『에밀레종의 슬픔』『바다로 날아간 까치』 등이 있다. 소월시문학상·동서문학상·정지용문학상 등을 수상했다.

말없는 말

　　　　　　은행원이었던 나의 아버지는 말이 없는 사람이다. 당신이 주장하실 말씀이 있어도 결코 그 말씀을 하시지 않는다. 내게 어려운 일이 있어도 속으로 걱정은 하시면서 너무 말이 없어 어떤 때는 원망스러움이 앞설 때도 있었다.

　그러나 여든다섯이 넘은 아버지를 보면, 빈 들판에 서서 한 그루 고목처럼 말없이 내 삶을 형성하신 분이 아닌가 싶다.

　중학교 2학년 때 아버지가 느닷없이 민중서관에서 발행한 32권짜리 『한국문학전집』을 사오셨다. 그런데 그 책을 방 안에 두기만 했을 뿐 "이 책 읽어라" 하고 말씀하신 적은 없다. 어디까지나 내 스스로 박계주의 소설 『순애보』를 읽거나 시를 읽다가, 문학에 눈을 떴을 뿐이다. 그러나 아버지가 그 책을 사다주시지 않았다면 어쩌면 나는 문학의 길로 들어서지 않았을 것이다.

　대학생 때 친할머니를 이장했다. 관 뚜껑을 열자 관 속에 물이 가득 차 있었다. 검붉은 추깃물이 아침 햇살을 받으며 잔잔히 물결을 일으키자 산역꾼들이 귀한 약이 된다면서 됫병과 주전자에 서둘러 추깃물을 퍼 담았다.

나는 놀라 아버지를 쳐다보았으나, 아버지는 무덤 한편에 가만히 쪼그리고 앉아만 있었다. "아부지, 저 사람들이 저래도 되는 겁니까? 저 물이 바로 할머니나 마찬가지 아닙니까. 빨리 가져가지 말라 카이소" 하고 소리쳐도 아버지는 아무 말이 없었다.

군에 입대해서 '낙엽도 직각으로 떨어진다'는 춘천 보충대에 며칠 있을 때였다. 누가 이등병인 나를 면회 왔다고 해서 폭설이 내린 넓은 연병장을 숨 가쁘게 달려갔다. 위병소 앞에 조그마한 한 사내가 낡은 외투 깃을 올리고 서 있었다. 아버지였다. 눈물이 핑 돌았다. 그때도 아버지는 "배고프나?" 단 한마디뿐이었다.

수평치로 난 사랑니를 두 시간 넘게 어렵사리 뽑고 나서, 입에 솜을 꼭 문 채 펑펑 쏟아지는 함박눈을 맞으며 봉천동 고갯길을 오른 적이 있었다. 그때 문득 뒤를 돌아보자 머리에 허옇게 눈을 맞으며 아버지가 허리를 구부리고 나를 따라오고 있었다. 아무 말 없이. '아, 부정(父情)이란 이런 것이구나' 하고 뼈저리게 느껴진 것은 그때가 처음이었다.

아버지는 말씀이 없으신 대신 편지를 자주 보내주셨다. 신문마다 난 신춘문예 모집 사고(社告)를 일일이 오려 군으로 보내주셨으며, 편지 말미엔 반드시 '몸조심, 일조심, 사람조심' 이 세 가지 당부의 말씀을 잊지 않으셨다.

침묵의 힘을 가르쳐주신 아버지와 함께.

아버지의 그런 정성 덕분인지, 나는 군복무 중 문단에 등단할 수 있었다. 제대복을 입고 청량리역에 도착한 내게 아버지가 말없이 내민 것은 대한일보 신춘문예에 시가 당선되었다는 내용이 타자된 노란 전보지 한 장이었다.

돌이켜보면 아버지는 말없이 말씀을 하심으로써 침묵의 힘을 내게 가르쳐주셨다. 아버지가 그토록 말씀이 없으셨던 것은 천성도 그러셨겠지만, 은행원으로서 개미처럼 숫자에 매달려 조심조심 살아왔기 때문이라고 생각된다.

아버지는 나이 마흔에 당신 스스로 은행을 그만두고 이런저런 자영업을 하다가 다 실패함으로써, 일찍이 실패의 소중한 의미 또한 내게 가르쳐주셨다. 인생에 성공이란 없다는 것을. 되풀이되는 실패의 과정이 곧 인생이며, 그 과정을 인내하는 것이 곧 성공이라는 것을.

　나는 지금, 시는 실패와 결핍과 침묵에서 나온다는 것을 믿는다. 아버지처럼 말이 없는 데서 말이 이루어지고, 보이지 않는 데서 보이는 그 무엇이 시라는 것을 믿는다.

　아버지는 이제 청력을 잃었으며, 한쪽 눈이 실명된 지도 오래되었다. 그래서인지 더욱 말씀이 없으시고 매일 기도하고 일기만 쓰신다. 돌아가시고 나서 그 일기를 보고, 내가 또 얼마나 울 것인가.

세상에서
가장 행복한 바보

장영희

"마치 내가 말도 안 되는 것을 물어본 바보처럼 말이야. 그렇지만 그렇게 행복한 바보가 어디 또 있겠냐?"
그런 말씀과 함께 장난기마저 감도는 웃음을 띠시던 아버지. 그것은 마음 저 깊숙이 자리 잡은 슬픔을 감추는 아버지의 멋진 위장술이었는지도 모른다.

장영희

수필가 · 번역가 · 서강대학교 영문과 교수

1952년 서울 출생. 서강대학교를 졸업하고 뉴욕 주립대학교에서 박사 학위를 받았다. 선친 장왕록(張旺祿) 전 서울대학교 교수에 이어, 같은 영문학자의 길을 걷고 있다.
『문학의 숲을 거닐다』『내 생애 단 한번』 과 같은 저서를 통해, 일상의 작은 에피소드에서 삶의 보석 같은 진리를 캐내는 글쓰기라는 평을 받았다.
한국문학번역상·올해의 문장상(수필 부문) 을 받았다.

세상에서 가장 행복한 바보

　1994년 7월 17일. 속초로 휴가를 떠났던 아버지는 수영을 하다가 심장마비로 사고를 당하셨다. 레비 혜성이 목성과 충돌, 목성 아래쪽에 큰 구멍이 뚫려 20세기 최대의 우주적 사건이 일어난 그날, 나의 우주에도 영원히 메울 수 없는 구멍이 뚫렸다.

　다음날 일간지에는 "한국 영문학의 역사, 번역문학의 태두 장왕록 박사가 타계했다"는 기사가 실렸다. 한 사람의 인생을 요약하기에 꽤 화려한 타이틀이지만, 내 마음 속에 남아 있는 '아버지'라는 단어 석자만큼 위대한 타이틀은 없을 것이다.

　여섯 남매 가운데 세 번째인 내가 첫돌을 며칠 앞둔 어느 날 밤. 고열에 시달리는 나를 달래는 어머니 옆에서 아버지는 갑자기 무슨 생각이 들었는지 벌떡 일어나며 "아, 소아마비!"라고 외마디 소리를 지르셨다고 한다. 그 순간부터 나와 아버지는 그 어느 부녀보다도

장영희 교수 부녀. 장 교수는 "아버지와 함께 『바람과 함께 사라지다』의 속편 『스칼렛』을 번역한 것을 계기로 1992년 한 잡지사와 '같은 길을 걷는 부녀'라는 주제로 인터뷰를 한 일이 있는데, 이 사진은 인터뷰 뒤 잡지사 기자가 찍어준 것"이라고 설명했다.

더욱더 끈질긴 운명의 동아줄로 꽁꽁 묶여져버렸다.

아버지는 내가 이 땅에서 발붙이고 살 수 있는 길은 오직 남과 같은 교육을 받는 길뿐이라고 판단, 나를 장애인 재활학교가 아닌 일반학교에 보내는 일에 필사적인 노력을 기울이셨다. 그러나 초등학교 이후 상급 학교들은 나의 신체적 장애를 이유로 입학시험 치르는 것조차 허락하지 않았다.

아버지께서 일일이 학교들을 찾아다니면서 사정하셨지만, 번번이 "예의바르게" 거절당했다. 아버지가 오실 때쯤 되어 문간에서 초조하게 기다리시던 어머니, 거절당하고 어깨가 축 늘어져 들어오셔서 내 눈을 피하시던 아버지의 모습을 나는 아직도 너무나 가슴 아프게 기억한다.

　어렵사리 중학교에 입학하고 고등학교에 들어갔지만 그야말로 산 넘어 산. 내가 대학에 갈 수 있는 가능성은 없어 보였다. 대학들은 어차피 합격해도 장애인을 받아들일 수 없다는 이유로, 내가 입학시험 치르는 것을 거절했다.
　마침내 아버지는 당시 서강대학교 영문학과 과장님이셨던 브루닉 신부님을 찾아 가셨다. 미국인 신부님은 너무나 의아하다는 듯 눈을 크게 뜨시고 "무슨 그런 질문이 있는가. 시험을 머리로 보지, 다리로 보는가. 장애인이라고 해서 시험보지 말라는 법이 어디 있는가?"라고 반문하셨다고 한다. 아버지는 두고두고 그때 일을 회고하셨다.
　"마치 내가 말도 안 되는 것을 물어본 바보처럼 말이야. 그렇지만 그렇게 행복한 바보가 어디 또 있겠냐?"
　그런 말씀과 함께 장난기마저 감도는 웃음을 띠시던 아버지. 그것은 마음 저 깊숙이 자리 잡은 슬픔을 감추는 아버지의 멋진 위장술이었는지도 모른다.

　해방 전 단신 월남, 이곳에서 자수성가하실 때까지 아버지의 삶은 끝없이 외로운 고투였다. 하지만 지금도 아버지의 모습을 떠올리면 늘 선량하고 평화로운 눈매로 웃으시는 모습 그대로다. 매일매일 주어진 순간에 최선을 다하고 힘든 일을 즐거운 일로 바꾸는 재주를 지닌, 맑고 밝은 품성의 영원한 소년 모습이시다.

아버지의 재능, 부지런함, 명민함을 제대로 물려받지 못한 나지만, 신탁처럼 운명처럼 아버지가 가셨던 길을 그대로 내가 가고 있다. 그래서 아버지가 남겨주신 이 세상에서 아버지의 빈자리를 메워 나가며 아버지의 영원한 공역자, 공저자로 남을 것이다.

영혼도 큰소리로 말하면 듣는다고 한다. 늘 내 곁을 지켜주실 줄 알고 아버지 살아생전 한 번도 못한 말을, 나는 이제야 크게 외쳐 본다.

"아버지, 사랑합니다!"

'네 책임은 네가 져라'

이현세

 심한 매질에 고열로 누워 있는 내게 아버지가 약을 발라주면서 하신 말씀은 딱 한마디.
"내가 진짜 화가 난 것은 불을 지른 잘못이 아니라, 책임지지 않고 달아난 비겁한 행동 때문이었던 기라."
담담하게 말을 마친 아버지는 그나마 남아 있던 우리 집과 낟가리를 보란 듯이 넘겨주시고는 가족들을 이끌고 경주로 길을 떠났다.

이현세

만화가 · 세종대학교 영상만화학과 대우교수

1956년 경북 울진 출생. 경주고등학교와 서라벌예술대학교 문예창작과를 졸업했다. 1983년 『공포의 외인구단』 시리즈를 대히트시키며 한국 만화의 새 역사를 열었다. 『외인구단』은 영화로도 만들어져 성공을 거뒀으며, 이를 계기로 만화가 가지는 긍정적 측면들이 조명을 받게 됐다. 『천국의 신화』가 외설시비에 휘말렸다 무죄판결을 받는 수난을 겪기도 했다.

남성적 강인함을 찬양하는 작품세계와 박진감 넘치는 그림이 어울려 이현세 특유의 만화세계를 구축했다는 평가를 받고 있다. 한국만화문화상 공로상·아시아만화인대회 특별상·서울국제만화애니메이션 특별상·고바우만화상 등을 받았다.

'네 책임은 네가 져라'

　　　　　　　　　　　나는 경북 영일만의 흥해에서 태어났다. 내 고향은 넓은 모래사장을 따라 해당화 숲이 길게 이어져 해변이 아름다운 곳이다. 해변으로 흐르는 강 건너 제방 아래에는 자갈밭이 길게 펼쳐져 있었다.

　아버지는 그 자갈밭을 개간해서 농사를 지었는데, 내 나이 다섯 살 되던 해 대형 태풍 사라가 제방을 무너뜨리고, 아버지가 피땀으로 개간한 논을 덮쳤다. 태풍이 쓸고 지나간 논은 다시 자갈밭이 되었다. 아버지는 그 다음해 전 재산을 팔아서 그 자갈밭을 다시 개간하셨지만, 그해 여름 작은 태풍에 그 제방이 또 터져버렸다. 아버지는 낙심했고, 우리 가족에게는 우울한 겨울이 닥쳐왔다.

　철부지 여섯 살이었지만, 나는 지금도 기억이 생생하다. 집안 분위기는 아랑곳 않고 밥만 먹으면 뛰어나가 놀았는데, 그때의 동네 꼬마놈들은 모이기만 하면 얼음을 지친 뒤 언 몸을 풀기 위해 불을 놓았다.

발이 꽁꽁 얼고 겨울바람이 심하게 불었던 그날, 새로 사온 성냥통이 보물단지처럼 보이던 그날, 나는 한 통을 숨겨서 얼음으로 덮인 동네 미나리 밭으로 달려갔다. 정신없이 얼음 위에서 뒹군 뒤 아이들은 미나리 밭 옆에 있는 낟가리에서 짚단을 빼서 쌓았고, 나는 자랑스럽게 성냥통을 꺼내 들었다.

불은 신나게도 타 올랐고, 부는 바람에 불티가 날려 낟가리에 옮아 붙었다. 그리고 급기야 초가로 번져, 집 한 채를 깡그리 태워버렸다. 우리는 놀라서 모두 달아났다. 나는 무를 묻어 두는 낟가리 속으로 몸을 숨겼다.

얼마나 시간이 지났을까. 춥고 배가 고파 도저히 못 견딜 정도가 되어서야 비실비실 대문으로 들어섰는데, 아버지가 한겨울 삭풍 속에서도 마당에서 나를 기다리고 있었다.

아아, 난생 처음 보는 아버지의 그 무서운 얼굴. 그리고 처음 맞아본 소름끼치는 회초리. 달아난 아이들이 모두 잡혀서 내가 불을 놓았다고 말을 맞췄고, 죄는 몽땅 내가 덮어쓴 상황이었다. 억울한 생각에 펑펑 울었지만, 아무리 변명해도 아버지 이외에는 아무도 믿지 않았다.

다음날 심한 매질에 고열로 누워 있는 내게 아버지가 약을 발라 주시면서 하신 말씀은 딱 한마디.

"내가 진짜 화가 난 것은 불을 지른 잘못이 아니라, 책임지지 않고 달아난 비겁한 행동 때문이었던 기라."

담담하게 말을 마친 아버지는 그나마 남아 있던 우리 집과 낟가리를 보란 듯이 넘겨주시고는 가족들을 이끌고 경주로 길을 떠났다.

 그리고 3년 뒤. 경주 역사에서 근무하던 아버지는 누전사고로 돌아가셨다. 내 나이 겨우 아홉 살. 그렇게 아버지와 나는 헤어졌지만 "자신의 행동에 대한 책임을 지라"는 아버지의 말씀은 지금도 내 가슴속에 살아 있다.
 어쩌면 내 삶에서 아버지와 함께 지낸 날들이 너무나 짧았고, 그래서 찾아낼 기억이 너무도 변변찮았기 때문일까. 그래서 한 조각 편린처럼 남아 있는 아버지의 그 말씀이 더욱 나를 지배할 수 있었는지도 모르겠다.

어머니의 사랑은 부드럽고, 아버지의 사랑은 현명하다.
— 이탈리아 속담

가난은 나의 힘

김현탁

삶이라는 거대한 산 위로 마치 시시포스처럼 바위를 끊임없이 끌어 올리셨던 아버지. 궁핍에 저항하며 그렇게 우리 집안을 건사하던 아버지는 결국 연탄 배달 도중 과로로 쓰러지셨다. 철부지 아이처럼 말벗 한 번 해드리지 못한 채, 우리는 그리도 쉽사리 아버지를 놓아드렸다. 내 아버지는 그때 그 순간부터 내 기억 안에서 멈추어버렸다.

김현탁

한국전자통신연구원(ETRI) 기반기술연구소 테라전자소자 팀장

1958년 강원도 도계에서 낳아 여섯 살 때부터 포항에서 성장했다. 부산대학교 물리학과(학사)·서울대학교 물리학과(석사)·1995년 일본 쯔꾸바 대학교 (공학박사·응용물리)를 거쳐 1995년~1998년 일본 쯔꾸바 대학교 문부교관(교수)으로 재직했다. 2005년 이론 및 실험으로 불연속 모트 금속—절연체 전이현상을 세계 최초로 규명했다.

한국·일본·미국 물리학회 회원으로, 2002년~2006년 세계 3대 인명사전에 모두 등재됐다.

산업기술이사회장상(ETRI 1등상)·한국언론인연합회 자랑스러운 한국인 대상(과학부문)을 수상했다.

가난은 나의 힘

"세계 최초로 불연속 모트 금속-절연체 전이현상 원리 규명"

일부 전문가 사이에서만 은어처럼 통용되던 용어가 신문에 대서특필되고, 텔레비전에서는 "한국에서도 최초로 노벨 물리학상을 수상할 수 있는 탁월한 후보자를 한 명 보유하게 됐다"는 일본 과학자의 코멘트가 뉴스 시간마다 반복되고 있었다. 연구실 전화도 끊임없이 울려댔다.

이 현상은 1949년 모트(Nevill Mott, 당시 케임브리지 대학 교수·노벨물리학상 수상자)가 처음 예언한 것이다. 그러나 지난 50여 년 동안 이론 및 실험으로 명쾌하게 증명되지 못한 채 학문적 논쟁만 거듭해온 현대물리학의 난제였다. 처음 이 현상을 밝혀냈을 때 강렬한 흥분이 온몸을 타고 흘러내렸다.

그런데 이것은 또 무슨 현상인가. 갑자기 눈물이 울컥 복받쳐 올

··· 김현탁

랐다. 화장실로 뛰어갔다. 물을 틀어놓고 거울을 보니, 부석부석한 내 얼굴 뒤로 가난을 달고 사셨던 아버지의 얼굴이 희미하게 겹쳐졌다.

아버지는 일찍감치 우리 가족을 남겨놓고 이승을 등지셨다. 내가 아홉 살짜리 코흘리개였을 무렵, 그토록 거친 세상을 미처 깨닫지도 못하던 초등학교 2학년 때였다. 그러니 한 꺼풀 한 꺼풀 덧쌓이는 시간 아래, 기억 속 저 밑바닥으로 멀어져간 줄로만 알았다. 그런데 이 순간 그분의 얼굴이 누구보다 먼저 떠오르다니.

내가 태어난 곳은 강원도 도계다. 화전민들이 "좁쌀 600말을 몽땅 뿌리고도 남는다"는 거대한 육백산을 바라보며 나는 그곳에서 유년시절을 보냈다. 산등성이에 계단처럼 층지어 늘어선 마을에는 산을 생계삼아 광산쟁이들이 모여 살았다.

어렴풋한 내 기억에 남아 있는 고향마을은 어디를 둘러봐도 온통 흑백 두 가지 빛깔의 세상과, 석탄을 나르는 두레박뿐이었다. 아버지는 아침에 깜둥이가 되어 우리 앞에 나타나셨다. 우리 사회의 대부분이 먹고 살기 쉽지 않았지만, 60년대 탄광촌은 입에 풀칠하기도 어려운 사람들이 모여들던 막장이었다.

아버지 역시 처자식들을 이끌고 어깨 가득 절망을 짊어진 채, 그 칠흑 같은 구덩이 속으로 뛰어들었을 것이다. 부성애로 마음을 단단히 무장한 채 묵묵히 곡괭이를 메고 일터로 나간 가장들의 뒤편에서, 동네 아이들은 장난으로라도 휘파람을 불지 않았다. 갱도가 무너질까 저어했기 때문이다. 휘파람은 갱도붕괴를 알리는 긴급 대

피신호였다.

　목숨을 담보로 건 채광작업을 아버지는 얼마간 계속하셨다. 곡괭이를 거머쥔 아버지의 피로한 손은 나날이 시꺼멓게 거칠어져갔지만, 우리 집안에 내리박힌 가난을 온전히 캐낼 수는 없었다.

　그 질기도록 모진 가난은 아버지에게 잠깐의 쉴 틈도 허락하지 않았다. 탄가루 묻은 옷을 벗자마자 고향인 포항으로 되돌아가, 이것저것 손에 닥치는 대로 일을 하셨다. 버스터미널에서 달걀이나 껌, 과자를 파는 군것질 장사를 시작으로, 포장마차를 펼쳐놓고 국수를 말았다. 푹푹 찌는 더위 속에서 당신의 갈증을 마른 침으로 달래며 냉차도 파셨다.

　페달만 밟으면 가난으로부터 벗어날 수 있는 양, 아침마다 힘차게 아이스케이크 제조기에 달린 풍구 손잡이를 돌리셨다. 그러고는 피곤한 목소리로 "아이스께끼 사려어―" 외치고 다니셨다. 한겨울에는, 살점을 베어버릴 듯 얄궂은 한파 속에서 온차 장사, 군밤 장사, 가락국수 장사를 하며 연탄을 날랐다. 연탄을 진 지게 위엔 고달픈 피로가 늘 들러붙어, 아버지가 짊어진 삶은 천 근, 만 근의 무게로 어깨를 짓눌렀을 터였다.

　어린 시절 나에게는 가난 이외의 추억이 별반 없다. 사실, 아버지와 밥을 같이 먹은 기억도 남은 게 없다. 아버지는 새벽같이 나갔다 내가 잠든 뒤 들어오셨다. 그러나 그 분주한 날들을 지내면서도 자식은 끔찍이도 아끼셨다. 초등학교 입학 날은 아침부터 비가 내렸다. 아버지는 낡은 검정 고무신 속으로 물이 스며들까 봐 학교까지 나를 업어 데려다주셨다. 그러고는 또 일을 나가셨다.

　삶이라는 거대한 산 위로 마치 시시포스처럼 바위를 끊임없이 끌어 올리셨던 아버지. 궁핍에 저항하며 그렇게 우리 집안을 건사하던 아버지는 결국 연탄 배달 도중 과로로 쓰러지셨다. 철부지 아이처럼 말벗 한번 해드리지 못한 채, 우리는 그리도 쉽사리 아버지를 놓아드렸다. 내 아버지는 그때 그 순간부터 내 기억 안에서 멈추어 버렸다.

　가정을 이끌어 가는 책임은 고스란히 어머니에게로 돌아왔다. 아버지가 계실 때부터 온갖 세상의 궂은일을 도맡아 한 어머니와 큰누나는 더욱더 억척스럽게 일에 매달렸다. 작은누나는 집안 살림과 나와 동생들을 돌보는 일을 떠맡았다.

　나는 우리 가정의 어려움을 보면서, 아버지 어머니의 장사를 도우면서, 이런 삶이 싫어졌다. 친구들이 오면 부끄러워 냉차를 팔지 않고 리어카 뒤로 숨기도 했다. '내가 어른이 되면 이런 천한 장사는 절대로 하지 않겠다'고 결심한 것도 그때였다. 어머니는 장사에 틈이 없으면서도 엄격히 교육을 시켰고, 자식인 나에게 한 번도 약속을 지키지 않은 적이 없었다.

　막연하게나마 '훌륭한 사람이 돼야지' 마음을 다져먹고 공부를 하기 시작한 것은 아마도 중학교 3학년 때, 다들 고등학교 입시를 앞둔 시기였던 것 같다. 그때부터 성적이 오르기 시작했다. 어느 여름날 유난히 일찍 등교해보니, 공부 잘 하는 친구들을 모아놓고 선생님이 공부를 가르치고 있었다. 과외라는 것이 있다는 사실을 그

때 처음 알았다.

나로서는 과외란 상상할 수도 없는 일이었다. 수학이 문제였다. 선생님이 가르쳐준 것들은 이해가 됐지만, 시험만 보면 50점 이상을 넘질 못했다. 시험은 응용문제가 나오는데, 이것은 어느 정도 훈련을 요구한다는 사실을 깨달았다. 그때부터 참고서를 사서 꾸준히 풀고, 모르면 답을 통째로 외웠다. 시험 때마다 한 개씩 더 많이 맞추다보니, 졸업할 때는 실수하지 않으면 매번 100점을 맞는 단계까지 올라갔다. 이제 공부에 자신이 붙었다. 오늘날 창의적인 물리학자가 될 수 있는 소질이 그때 길러진 것 같다.

담임선생님은 강한 충고가 나에게 먹혀들지 않자 어머니를 설득시켰다. "상고에 진학해서 은행에 취직한 뒤 야간대학을 다니면 된다"는 논리였다. 부득이한 상황이었다. 그래도 나는 '훌륭한 사람이 돼야 한다'는 꿈을 한 번도 놓지 않았다. 상업학교에서 주산, 부기를 배웠지만, 나는 오히려 진학공부에 주력했다.

우리 집안의 어려움을 익히 알고 있는 마당에, 이것은 분명 이기적인 선택이었다. 그러나 포기할 수 없는 꿈을 향한 나의 몸부림이기도 했다. 당시만 해도 포항에서는 국립대학에 가는 것이 쉽지 않은 상황이었기 때문에, 어머니에게 나는 큰 희망이었다. 홀몸으로 가정을 지탱하기도 벅차지만, 어머니와 나는 가혹하리만큼 분명하게 역할을 분담했다.

가정형편을 고려하여 생계를 돕다보면 공부도 제대로 못하고 어머니 또한 늙어서도 고생한 보람을 찾지 못할 것이다. 어머니의 희망을 실현시켜드리기 위해, 어머니는 돈을 벌어 가족의 생계와 나를 뒷바라지하고, 그 대신 나는 공부에만 매진하자는 다짐을 새롭게 했다. 물리학이라는 학문으로 인생에서 성공한다는 것은 상상도 할 수 없을 만큼 어려운 일이지만, 미래의 희망에 현재의 전부를 걸었다.

어머니나 가족을 대할 때, 또는 어려움에 부딪힐 때마다, 나는 주문처럼 나를 붙잡았다.

'아무리 환경이 열악해도, 그것을 탓할 시간이 없다. 앞을 향해 박차고 내달릴 뿐이다. 나에게 주어진 시간을 모질게 끌어안자. 나는 어머니의 희망이자 작품이므로, 나를 무섭게 단련함으로써 당신의 작품을 빛내야 한다.'

일에 지쳐 곯아떨어진 어머니를 바라보며, 나는 주먹을 굳게 쥐었다. 그리고 내 어린 시절의 아버지마냥, 날마다 나 자신을 학문이라는 산 위로 집요하게 굴려 올렸다.

이론고체물리학 석사학위를 마치고 결혼을 했다. 앞으로도 할 일이 태산 같았지만, 밥벌이는 당장 피할 수 없는 과제였다. 1986년. 고온 초전도현상이 물리학계의 주제로 새롭게 등장하자, 나는 더 이상 호구지책에 내 인생을 걸 수는 없다는 판단이 섰다. 그 문제 해결에 대한 참을 수 없는 도전정신이 끊이질 않던 나에게서, 아버지로부터 물려받은 억척스러움이 다시 용솟음쳤다.

결국 용기를 내 직장을 물리고, 1992년 일본 쓰쿠바 대학을 노크했다. 금속─절연체 전이에 대한 매우 단순하면서도 새로운 아이디어가 처음 떠오른 것이 그 무렵이다. 그 발상을 머릿속에 그린 지 6년 뒤, 비로소 나는 내 연구의 보금자리라고 할 수 있는 한국전자통신연구원에서 본격적인 실험에 몰입할 수 있었다.

그러나 어려움은 끊이지 않았다. 포기하고 싶은 충동도 수없이 많았다. 그때마다, 지금까지 외길인생을 살아온 많은 날들의 가치가 덧없이 허무해질 것 같아, 그리고 앞으로 평범하게 살아가야 할 날들에 대한 절망감이 깊어, 나는 연구를 하루도 중단하지 않았다.

드디어 "절연체는 전기가 통하지 않는다"는 기존의 일반상식을 깨고 "절연체를 전기가 통하는 금속체로 바꿀 수 있는 새로운 물질 속 자연현상"을 마침내 이론 및 실험으로 규명할 수 있었다. 지금도 나의 연구를 지지하는 실험적 증거가 계속 나오고 있다.

물리학 분야에서 "노벨상을 받을 수 있을 만큼 훌륭한 연구결과"라는 찬사 속에서도, 그리고 일부에서 제기하는 연구결과의 응용성과 경제효과에 대한 오해에도 불구하고, 나는 더위와 추위 속에서도 산 같이 흔들리지 않던 아버지를 떠올리고 있다.

텅 빈, 순수한 마음으로 한 번 세운 목표에 충실하고, 주어진 시간에 최선을 다하며, 스스로 일할 수 있는 환경을 만들고, 남모르게, 끊임없이, 확실하게 일한다는 것이 나의 좌우명이다. 오늘도 나는 동료 연구원들과 함께 "금속-절연체 전이현상 응용 및 상용화 연구"의 국내외 확산을 추구하며 자체연구를 수행하고 있다.

다시, 거울 앞에서 어제와 내일을 번갈아 바라본다. 아버지의 고달픈 삶이 오늘 나의 밑거름이었음을 부인할 수 없다. 그래서 가난에서 비롯된 삶의 불편을 줄곧 시작과 끝이 명료한 공학의 힘으로 정복하려 했는지도 모르겠다.

　과학의 궁극적 목표인 인류사회에 대한 공헌을 위해 나는 여전히 연구에 온 열정을 쏟아 부으며, 아버지가 우리에게 기울였던 정성을 모방하고 있다. 그분과 마찬가지로, 가난은 나의 힘이었던 셈이다.

내일을 꿈꾸는 사람에게는 가을이 없다
사석원

계획표를 짜고 꿈을 꾸는 한, 인생에서 가을은 없다고 아버진 확신하신다. 내일은 새로워야 하고 반드시 새로울 것이라고… 황혼을 바라보며 쓸쓸히 퇴장을 기다리는 노인들의 시름이 아버지에겐 보이지 않는다. "꿈꾸는 어린 왕자" — 이것이 내가 평생을 두고 본 아버지의 모습이다.

사석원

화가

1960년 서울 출생. 동국대학교 예술대학 및 대학원을 졸업했다. 파리 제8대학에서 석사 과정을 이수했다.
서울·파리·도쿄·애틀랜타 등에서 30여 차례 개인전을 열어, 파격과 자유로움이 넘치는 동양의 중견 화가로 인정받았다.
어린이를 위한 화문집 『당나귀는 괜히 힘이 셉니다』를 내는 등, 대중적인 인기도 누리고 있다.
가족과 함께 전 세계를 누비는 여행마니아로, 『황홀한 쿠바』를 출간했다. 대한민국 미술대전에서 대상을 차지했다.

내일을 꿈꾸는 사람에게는 가을이 없다

건넌방에서 책을 보는 분. 이것이 어릴 적 아버지에 관한 나의 기억이다. 다른 어른들과 달리 아버지에게는 출근이란 게 없었다. 판검사 시험을 준비하는 고시생이라는 사실을 알게 된 것은 내가 초등학교에 입학하고 나서도 꽤나 긴 시간이 흐른 뒤였다.

아버지 곁에는 책들이 수북했지만, 어린 내가 보기에도 모질게 시험에만 매달리시는 것 같진 않았다. 그렇다고 떨쳐버리지도 않으셨다. 부유한 집의 큰아들인 아버지는 그리 절실한 것이 없었던, 유순하고 낭만적이고 아는 것 많은 도련님이었다.

점점 가세가 나빠져 갔다. 인정하기 싫을 정도로 어려운 형편이 되어갔다. 식솔들이 너무 많았기 때문이다. 어린 나의 산술 실력으로는 우리 집 식구의 수를 다 셀 수 없을 정도였다. 그래도 아버진 난감해하지 않으셨다. 터무니없을 정도로 낙천적인 성격 때문이었

사석원 화백이 그린 아버지 모습.

다. 그런 건 그렇게 중요하지 않다는 태도였다. 생활은 어머니의 몫이었다. 어머닌 양장점을 하시고, 아버진 건넌방에서 책을 보거나 봄날의 나비처럼 세상을 유유자적하셨다.

　아버지에게 세계는 꿈꾸는 동화 속이었다. 그즈음 「마부」란 영화를 보면서, 그 영화처럼 행복한 결말을 상상했었다. 영화 속의 고시생 큰아들은 온 가족의 바람처럼 결국 고시에 합격을 하고야 만다. 하지만 그건 영화일 뿐이었다. 내겐 끝끝내 실현되지 못한 소망이었다.

　내가 고등학교에 입학할 무렵, 드디어 아버진 새로운 세상으로 발을 내딛으셨다. 책을 덮고 종로3가에 오성사란 상패집을 시작한 것이다. 아버지로선 커다란 용기였지만, 새로운 세상이란 곳이 그리 녹록치만은 않았다. 더군다나 아버지는 현실에 완전히 몰입하지 않았다. 꿈과 현실 사이에서 엉거주춤 하셨다. 나름대로 몸을 부대끼셨지만, 상황은 줄곧 아슬아슬했다. 그런 중에 어머니를 병으로 잃었다. 최고의 후원자이자 반려자가 사라진 것이다. 아버진 슬퍼하고 후회했지만, 이미 너무 늦었다.

거센 풍랑 속의 한 조각 나뭇잎같이 위태로웠던 시절이 한동안 계속됐다. 그런 중에도 세월은 흘러갔다. 억척스러운 생활력이 생겨난 건 아니었지만, 자식들 뒷바라지엔 평소의 아버지와 달리 고군분투하셨다. 우리 집의 처지도 조금씩, 조금씩 안정을 찾아갔다.

아버지는 고희를 앞둔 몇 해 전 가게를 그만두신 뒤 동화 속 세계로 다시 돌아오신 것 같다. 지금 아버지는 분주하게 짜인 학습 계획

어린이 미술대회에서 입상한 날 아버지와 함께 기념촬영을 했다. 1970~71년 무렵, 당시 남산 어린이회관 앞에서 찍은 것으로 기억한다.

표를 만들고 계신다. 의대를 가기 위해 수능시험을 준비 중이시다. 일흔의 연세에 말이다.

  2004년에는 운전면허 시험에 합격하셨지만, 그 밖엔 실제로 시험을 본 적이 없으셨다. 계획의 실행 여부는 중요하지 않았다. 그러나 그것은 아버지에겐 중요한 삶의 의미였고, 아버지식의 인생을 즐기는 방법이었다.

  계획표를 짜고 꿈을 꾸는 한, 인생에서 가을은 없다고 아버진 확신하신다. 내일은 새로워야 하고 반드시 새로울 것이라고… 황혼을 바라보며 쓸쓸히 퇴장을 기다리는 노인들의 시름이 아버지에겐 보이지 않는다. "꿈꾸는 어린 왕자" — 이것이 내가 평생을 두고 본 아버지의 모습이다.

3. 아버지
내 삶의 큰 산

'나만 살자고 피난 가느냐'

정양모

6·25가 발발하여 모두들 서울을 벗어나 남쪽으로 도망갈 길이 없을까 허둥대고 있을 때도 아버님은 "이 백성을 버리고 나만 살려고 어디를 갈 수 있단 말인가?" 하고 가슴 아파하셨다.

기력이 다한 뒤에는 우리 형제자매를 불러 앉히시고 "나는 어찌 될지 모르니 너희들이라도 어서 피신하여 씨라도 남겨야 할 것 아니냐"며 어디로든 떠나라고 하셨다.

정양모

경기대학교 전통예술감정대학원 석좌교수

1934년 서울 출생. 경복고등학교를 졸업한 뒤 서울대학교에서 사학을 전공했다.
1962년 국립중앙박물관 학예관으로 박물관에 발을 들여놓은 뒤, 관장을 역임하며 도자기 등 문화재 연구에 헌신했다.
아버지 정인보(爲堂 鄭寅普·1892년~1950년) 선생은 일제시대 중국 상하이에서 신채호 선생 등과 함께 계몽활동과 독립운동에 힘썼다.
1930~40년대에는 연희전문학교(연세대학교) 등에서 한문학·국사학·국문학 등을 가르치며 민족정기를 고취했다.

'나만 살자고 피난 가느냐'

우리가 어릴 때에는 세상 형편을 알 수 없었다. 다만 확실히 기억하는 것은 "학교가 파하면 바로 집으로 와야 하고, 골목에서만 놀아야 하고, 아무리 재미있게 놀다가도 해가 지면 바로 들어와야 하고, 큰길에는 나가지 마라"는 아버님의 엄한 말씀에 따라, 집과 골목과 학교밖에는 어디를 간 적이 없었다는 것이다. 조금 지각이 들고 나서야, 일제와 그 추종자들이 우리를 위해하거나 무슨 말꼬투리라도 잡을까 걱정하셨기 때문이라고 생각하게 됐다.

우리는 서울 살다 제2차 세계대전이 일어나자 바로 창동으로 이사 가고, 다시 전쟁이 격화되자 전라북도 익산 산골에서 살았다. 일제가 요인 암살 계획을 세웠는데, 그 첫 명단에 아버님 성함이 들어 있다는 사실을 방종현(方鍾鉉·국어학자·전 서울대 문리대 학장) 선생이 야밤에 아버님께 말씀드리면서 "선생님, 한시라도 속히 피신하셔야 합니다" 하고 권했다.

당시 그 지역 유지였던 윤석오(尹錫五·윤여준 전 환경부 장관의 부친) 선생의 생명을 내건 배려로 은밀하게 익산으로 옮기셨다. 출가한 누님들과 장성한 형님들은 남겨두고, 아직 10대였던 우리 어린 남매들은 그런 어려움 속에서도 부모님과 함께 다녔다.

우리는 익산에서 해방을 맞이하였다. 서울엔 그야말로 집도 절도 없어, 이듬해에야 흑석동의 적산가옥에 세 들어 이사를 했다. 흑석동에서 다시 남산동(옛날 회동)에 있는 적산가옥을 역시 임대차 계약을 맺어 이사했다. 회동은 옛날 조상 대대로 사시던 곳이라고 매우 흡족해하셨다. 그런데 6·25가 일어난 그해 7월 30일 납북당하시고, 올해도 아무 소식도 모른 채 벌써 반세기를 넘겼다.

아버님과 생이별하기 전까지 우리 가족은 경제적으로는 어렵고 가난했지만 한 번도 남 앞에 부끄러움 없이 떳떳했으며, 가늠할 수 없는 우리만의 어떤 자부심이 있었다. 그러나 아버님이 강제로 끌려가신 뒤에는 우리를 지탱해주던 모든 것이 일시에 사라지고 말았다.

그 어른은 크게는 나라와 민족의 장래를 걱정하시고, 나라를 되찾는 일, 나라를 지키는 일, 겨레를 사랑하는 일, 학문하는 자세, 사람 사는 도리 등을 실천으로 보여주셨으며, 작게는 가족의 안위를 위하여 사랑이 가득한 가슴으로 감싸 안으셨던 분이다.

6·25가 발발하여 모두들 서울을 벗어나 남쪽으로 도망갈 길이 없을까 허둥대고 있을 때도 아버님은 "이 백성을 버리고 나만 살려고 어디를 갈 수 있단 말인가?" 하고 가슴 아파하셨다. 그러고는 바

1943년 창동 본가에서 둘째누나 경완씨의 결혼식 직후 촬영한 가족사진. 필자(앞줄 맨 왼쪽)가 아버지(뒷줄 가운데 안경 쓴 이)와 함께 찍은 유일한 사진이다. 뒷줄 왼쪽부터 둘째형 상모씨, 큰형 연모씨, 어머니 조경희 선생, 아버지, 큰누나 정완씨, 큰매형 이규일씨. 앞줄 가운데 신랑 홍기무씨, 그 오른쪽은 셋째형 홍모씨.

로 등창이 심해져서 누워 계셨다.

  와병 중에 기력이 다한 아버님께서 우리 형제자매를 불러 앉히시고는 "나는 어찌 될지 모르니 너희들이라도 어서 피신하여 씨라도 남겨야 할 것 아니냐"며 어디로든 떠나라고 하셨다. 단호한 분부였다. 그래서 우리만 살겠다고 노모와 어린 여동생을 아버님 곁에 두고 밤을 도와 시흥 큰댁으로 숨었다.

  지난 50여 년 동안 하루도 아버님 생각에 가슴이 미어지지 아니한 날이 없었다. 그래도 10년 전까지는 매일 아버님이 우리 곁으로 돌아오시는 꿈을 꾸었건만, 그 이후로는 아주 가끔 꿈에 아버님을 뵙게 되었다. 아버님을 향한 간절한 그리움은 그대로 가슴에 있건만, 아버님을 향한 마음이 미흡하기 때문이라고 스스로를 자책하는 것이 그 때문이다.

창살 안에서 부른
불효자의 사부곡

로버트 김

쇠창살 안의 벽과 벽 사이, 그 삭막한 미 연방교도소에서 나는 매일 꿈을 꾸었다. 가족에게 자유로이 돌아가는 꿈은 물론이거니와, 연로하신 아버지 곁에서 당신의 수발을 들며 제대로 장남 노릇하는 꿈은 그야말로 간절했다. 시간이 무심하게 흘러갈수록 아버지 곁으로 달려가고픈 마음은 날마다 까맣게 타들어갔다.

로버트 김 (김채곤)

전 미 해군정보국 군무원

1940년 부산 출생. 경기고등학교를 졸업하고 한양대학교에서 산업공학을 공부했다. 1966년 도미, 퍼듀 대학에서 컴퓨터를 전공했다.
1970년 미 항공우주국(NASA)을 거쳐, 해군정보국(ONI)에서 19년간 컴퓨터 전문가로 활동했다.
FBI에 스파이 혐의로 체포되어 복역·가택 수감 뒤 석방되었다.

창살 안에서 부른 불효자의 사부곡

"수감 108개월, 보호관찰 36개월!"

판사의 선고가 내 귓불을 후려쳤다. 똬리 틀 듯 숨통을 옥죄는 군사기밀 누설이라는 죄목은, 태평양 너머에 노부모를 둔 나에게 불효자의 그물을 씌우는 언도와 마찬가지였다. 영욕과 회한의 거대한 소용돌이에 휩싸인 채, 멍멍한 머릿속은 일순간 고국의 부모님과 가족들이 교차하며 어지럽게 흔들렸다.

가늠할 수 없는 시커먼 안개 속에서 나는 자꾸만 뒤를 돌아보았다. 백 대령을 만나지 말았어야 했을까. 미합중국 시민으로, 그리고 공무를 담당하며 나는 미국의 국가적 이익에 어떠한 해도 입히지 않았다. 단지 세계평화를 갈망하는 한 사람으로서, 내가 사랑하는 분단조국의 안보에 도움이 되고자 했을 뿐이다. 나는 그때 끝없이 빨려 들어가는 낭패 속에서 내 아버지가 세우신 가훈을 곱씹으며 입술을 깨물고 또 깨물었다.

선공후사(先公後私). 나는 이 가훈을 저버릴 수 없었다. 강릉으로 침투한 북한 잠수함의 좌초 그리고 그것을 타고 육지로 올라온 무장간첩들 때문에 한반도가 어수선하던 1996년 당시. 미국은 진작부터 동해안 심해를 누비는 잠수함들을 노려보고 있었지만, 그러한 사실을 한국 정부에겐 알려주지 않았다. 주미 한국대사관 해군무관이던 백동일 대령에게 내가 관련 정보를 넘겨줬을 때가 그 즈음이었다.

그 정보란 것도 분명 미국의 안보를 망가뜨릴 만한 극비 수준은 아니었다. 그저 모니터를 켜면 쉽게 알아볼 수 있는 북한의 잠수함 이동 경로, 북한군의 훈련 실태와 동향, 북한 주민들의 생활상, 북한이 거래하는 마약과 위조지폐 제작 실태 정도였다. 내가 그에게 이러한 정보를 넘겨준 이유는 조국의 현실이 너무 안타까웠기 때문이다.

영국·캐나다·호주 등은 미국으로부터 북한 관련 정보를 넘겨받았으나, 서울에서는 그러한 정보가 있는지조차도 모르고 있었다. 요컨대, 내가 태어난 대한민국과 내가 복무하는 미합중국 사이에서 결국 내 아버지의 가르침에 따라 전자를 선택한 것이 죄라면 죄였다. 그 선택 때문에 배신의 오명을 뒤집어쓴 채 나는 그렇게 돌이킬 수 없는 섬 안에 갇히게 되었다. 그러나 그때까지도 아버지 어머니께 그토록 불효를 저지를 것이라고는 상상도 못했다.

쇠창살 안의 벽과 벽 사이, 그 삭막한 미 연방교도소에서 나는 매일 꿈을 꾸었다. 가족에게 자유로이 돌아가는 꿈은 물론이거니와, 연로하신 아버지 곁에서 당신의 수발을 들며 제대로 장남 노릇하는 꿈은 그야말로 간절했다. 시간이 무심하게 흘러갈수록 아버지 곁으로 달려가고픈 마음은 날마다 까맣게 타들어갔다. 이글거리던 태양이 마지막 노을을 발하다 사라지고 내 가슴만큼이나 시꺼먼 어둠이 교도소를 뒤덮으면, 그리운 아버지의 모습은 더욱더 선연하게 눈앞에 어른거렸다.

언제나 위풍당당하실 것만 같았던 아버지. 여든을 훌쩍 넘기신 아버지를 연거푸 외치다보면 때때로 나는 지난날의 어른아이로 돌변했다. 기억에는 없으나, 두세 살쯤 됐을까. 아버지를 따라 베이징에서 넉넉한 유년기를 보냈던 그 머나먼 시절, 테니스를 치시는 아버지 곁에서 여차하면 조르르 공을 주워오던 나, 그런 내 앞에서 인자한 미소를 지어보이시던 아버지.

그러나 사실, 내가 커가면서 아버지는 매우 엄정한 분이셨다. 아마도 당신이 공직에 몸담고 계셨기 때문에 자식들 또한 매사 몸가짐을 삼가라는 뜻이었을 것이다. 청렴결백을 평생의 신조로 삼으신 아버지는 한국은행 부총재, 초대 전경련 상근부회장, 8·9대 국회의원을 지내신 뒤 경제연구소인 산정연구소를 운영하셔서 우리 정치·경제계에서는 원로로 대접받던 분이다.

아버지는 늘 바쁘셔서, 무슨 명절 때나 뵙는 귀인이었다. 아버지의 따뜻한 말씀 한마디가 그리워 남 몰래 아버지를 원망한 적도 있지만, 아버지는 그러나 늘 나를 보듬어주시는 산이었다. 언제나 말이 없는 큰 산…

철부지 생각이지만, 당시의 사회적 분위기에 비추어볼 때 그만한 권세라면 아들을 후방으로 빼낼 법도 하지만, 아버지는 1년 반 내내 나를 모른 체하셨다. 덕분에 나는 학도병에게 주어지던 병역의무에 따라 최전방에서 군 생활을 했다.

1966년, 공부에 매달린 끝에 겨우 유학 자격을 땄을 때에도 아버지는 푼돈 한 푼 보태주는 법이 없었다. 정부의 규정대로 유학생이 지참할 수 있는 단돈 50달러가 장도에 오르는 내 주머니에 든 돈의 전부였다. 이러한 경험이 신앙심과 함께 암담한 감옥 생활을 버티게 하는 힘이 돼주었다.

한시라도 아버지를 모시고 싶은 그 조바심의 시간을 살벌한 교도소에서 얼마나 허비한 뒤였을까. 결연히 면회를 안 오시겠다던 아버지께서 휠체어에 몸을 의지하신 채 내게 오셨다. 수의 입은 못난 자식의 얼굴 한번 어루만지겠다고 이역만리를 날아오신 아버지. 그동안 너무 늙어버린 내 아버지.

"채곤아!"

자식의 이름을 부르는 목소리도, 내 손을 맞잡은 가녀린 손도 떨리고 있었다. 어린 아이처럼 마냥 아버지 품에서 대성통곡하고 싶었지만, 그때 나는 기를 쓰고 어금니를 악물었다. 비록 삭막한 상황일지라도 무탈하게 지내고 있다는 것을 보여드리고 싶었다. 멈출 길 없는 죄송한 마음을 아버지는 부드럽게 물리시며 등을 돌리셨다. 아버지와 나는 그렇게 서로를 외면한 채 눈물을 삼켰다.

"걱정 마세요. 상소했으니 좋은 소식이 올 겁니다, 아버님."

힘주어 아버지께 희망을 쏟아냈다. 아버지도 그 희망을 붙잡으시며 내 무릎을 툭 치셨다.

"기다릴 테니 잘 하고 나와."

그것이 부자간의 마지막 만남이었음을 하느님은 아셨을까. 한 가

2000년, 이것이 부자 간의 마지막 만남이었음을 필자는 꿈에도 알지 못했다. 왼쪽은 필자의 장남 종륜.

닥 희망은 아버지와 나의 기대를 저버리며 산산이 부서졌다. 항소 서류가 매정한 판사의 쓰레기통으로 처박히는 동안 청천벽력 같은 소식이 또 하나 날아들었다. 기어코 아버지가 위중한 상태에 빠지셨다는 전갈이었다. 가슴이 터져버릴 것 같았다. 눈앞이 캄캄했다.

나는 기껏 녹음기에 불효의 목소리를 담아드리는 것으로 아버지의 병상 지키는 일을 대신했다. 혼수상태에서도 내 목소리를 알아듣고 눈을 뜨려 애쓰신 아버지는 아들을 향한 애틋한 마음만 남기신 채 2004년 2월 13일, 삶의 끈을 놓아버리셨다.

나는 아버지의 병상을 지키지 못했다. 아버지의 마지막 가시는 길을 함께하지 못했으며, 빈소도 지키지 못했다. 천하에 이런 불효가 또 어디에 있는가. 나는 아버지를 부르며 목 놓아 울고 또 울었다. 그러나 그뿐이었다.

그런데 이번에는 아버지가 돌아가시고 불과 넉 달 뒤, 어머니의 부음이 내 가슴을 후려쳤다. 철저하게, 세상은 나에게 일말의 효도 기회도 주지 않았다.

2005년 10월 4일. 보호관찰이 해제됐다. 나는 마침내 되찾은 자유를 품에 안고 허겁지겁 한국행 비행기에 몸을 실었다. 광활한 태평양을 가로질러 한반도 상공이 눈에 들어왔다. 남쪽에 누워 계실 아버지 생각에 나는 울컥 슬픔이 몰려왔다.

전라북도 익산의 영모묘원. 말없이 나를 바라보시는 아버지의 영정 앞에서, 더 이상 따스한 온기를 느낄 수 없는 영정 속 아버지를 더듬으면서, 나는 통한의 눈물을 주체할 수 없었다. 그렇게 엎드린 불효자를 당신은 이미 용서하신 듯 이젠 울지 마라, 지그시 내려다보셨다.

참을 수 없는 나의 슬픔을 어루만져주시려고 많은 분들이 나를 기다리고 환대해주셨다. 나는 애국자도, 영웅도 아니다. 그저 남들처럼 조국을 늘 가슴에 담고 있는 평범한 시민일 뿐이다. 그 사랑을 보듬으며 나는 더 이상 미국도, 한국 정부도 원망하지 않는다.

나에게 남은 일은, 이제 그 사랑을 다시 돌려드리는 것이다. 아버지의 선공후사 정신을 받들어 좀 더 남을 위해, 특히 우리의 젊은이들을 위해 살아가고자 한다. 나는 오늘도 대답 없으신 아버지를 눈들어 바라본다.

아버님, 미욱한 자식의 불효를 용서하시고 편안히 쉬소서.

불효자 채곤 올림…

사동궁 마마
이 석

 "내가 죽어야지! 내가 없어져야지!"
피를 토해내듯 아버님이 절규하시면, 옆에 계시던 어머님이 "전하, 구들장 꺼지겠습니다. 고정하시와요"라고 달래시곤 했습니다. 육혈포를 공중에 발사하면서 "왜놈을 몰아내야지!" 하고 외치시기도 했습니다. 저녁마다 사직을 지키지 못한 아버님의 통곡과 이를 말리시는 어머님의 눈물, 가끔씩 방아쇠를 당기는 소리…

조선조 황손·전주대학교 사학과 객원교수·「비둘기 집」을 부른 왕족가수

1941년 서울 출생. 경동중·고등학교 졸업 뒤, 한국외국어대학교 서반아어학과에 입학했다.

1960년 미8군 화양연예주식회사에서 가수로 데뷔했다. 1966년 비둘기부대에 입대, 베트남전에 참전하여 1969년에 제대했다. 1979년 12월에 시작된 10년간의 미국생활을 정리한 뒤, MBC 가요초대석 MC로 활약했다.

2004년부터 전주 전통한옥에서 조선 역사 알기, 황실 다례 및 예법 익히기, 전통 궁중 한정식 체험 등을 통해 문화유산을 되살리며, 우리 역사를 바로 알리기 위해 다양한 활동을 펼치고 있다.

이 석

사동궁 마마

　　　　　　　　오백년(五百年) 도읍지(都邑地)를 필마(匹馬)로 도라
드니 산천(山川)은 의구(依舊)하되 인걸(人傑)은 간듸 업다. 어즈버 태평연월(太
平烟月)이 꿈이런가 하노라.

　고려 말 충신 야은(冶隱 吉再) 선생의 시조를 음미하며, 나는 필마 대신 온전한 다리품으로 옛 궁터를 돌아봅니다. 지금은 흔적도, 이름도 다 사라져버린 사동궁(寺洞宮). 이제 궁터에는 콘크리트 빌딩 숲이 주인 행세를 하지만, 아버님의 집무실 앞을 지키던 회화나무 한 그루는 의젓이 버티고 서서 오늘도 과거를 증언하고 있습니다.
　'나라의 기운을 이끈다'는 나무여서, 나에게는 더욱 각별한 의미를 주는 상징이기도 합니다. 나뭇가지 사이로 다시 그때의 바람이 불어옵니다.
　그랬습니다. 소슬한 가을바람에 오곡백화가 영글던 1941년 음력 팔월 초사흘. 나는 한양 한 복판, 그러니까 서울특별시 종로구 관훈동, 사동궁에서 의친왕의 11번째 왕자로 태어났습니다.

유럽식 건축양식으로 지은 사동궁은 내 어린 시절과 내 아버님의 자취가 녹아 있는 아련한 추억 속의 왕궁입니다. 영화 「바람과 함께 사라지다」에 나오는 올리비아의 테라스 별장 같은 그곳엔, 입구 양관부터 이삼층 높이의 층계 위로 아버님의 집무실과 시종들의 사무실이 있었습니다.

구한말 당시 기와집 사이에서 하늘을 찌를 듯 웅자를 뿜어내던 사동궁에는 많은 상궁과 나인, 청각시들이 궁중의 지엄한 법도 아래 함께 기거했습니다. 아침 일찍 연로한 영감님 서넛이 궁에 들어와 "전하, 기침하셨습니까?" 하고 여쭈면 침전에서 "에헴!" 하던 아버님의 목소리가 지금도 귓가에 선합니다. 상궁들은 깨죽이나 잣죽 등을 조반으로 올렸습니다. 다 드시고 난 뒤에는 나를 말에 태우고 너른 마당을 돌며 운동하셨습니다.

아버님은 춘추 예순둘에 나를 보셨습니다. 나는 조부와도 같은 그 어려운 눈매 앞에서 고개도 제대로 못 든 채 모든 행동을 삼가야 했습니다. 그런 상황 아래서 한동안 내가 일반교육 대신 궁중의 예절교육만 받은 것은 오히려 당연한 일이겠지요.

"아씨마마, 아니 되옵니다!"

조금만 뛸라치면 상궁과 나인들이 먼저 나를 말렸습니다. 그럴 때마다 나는 무척이나 답답했고 행동도 어려웠습니다. 아버님을 보좌해드리던 영감님들도 "아씨마마, 만수무강하시옵소서"라며 깍듯

한 인사를 받쳤습니다.

1954년 창경초등학교에 입학하자, 급우들도 그분들의 흉내를 냈습니다. 운동회에서 달음박질을 하자면 등 뒤에서 "마마! 뛰시면 아니 되옵니다!" 하며 한목소리로 합창했던 기억이 새롭습니다. 점심시간에는 내시들이 네 귀퉁이를 받친 교자상을 교장선생님 방으로 날라 와, 그곳에서 혼자 식사를 했습니다. 그렇다고 내가 항상 몸가짐을 조신하게 한 것은 아닙니다.

조계사 골목에서 동쪽, 지금의 인사동 수도약국 앞까지 일만여 평에 이르던 사동궁 제일 서쪽에는 아버님의 여섯째 왕자 명길(明吉, 李鋧) 형님이 가정을 꾸리셨고, 일곱째 왕자 경길(慶吉) 형님은 북쪽 와가에 사셨습니다. 한번은 경길 형님의 집 앞 감나무 위에 올라갔다가 상궁들의 질책을 받기도 했습니다.

사동궁 양관 뒤에 자리한 셋째 공주 해경(海慶) 누님의 방에는 피아노가 있어서, 음악소리와 함께 누님의 재치 있는 농담을 자주 들었습니다. "컴컴한 곳에 가시오면 망태할아버지가 나오나이다"라는 상궁과 나인들의 말이 무서워 저녁을 두려워하던 일은 이제 그리운 옛날이 돼버렸습니다.

그 당시, 궁궐 대문에는 일본 순사들이 칼을 들고 보초를 섰습니다. 한 달에 한 번씩 '이왕직장관'(李王職長官)이라는 일본 고관이 까만 넥타이에 정장차림으로 아버님 의왕(義王)께 큰절로 문안드리고 생활비를 내놓고 가는 것을 보았습니다. 아버님은 물론 그를 달가워하셨을 리 만무했습니다. 사동궁의 저녁은 늘 아픔으로 들끓었습니

일본 정부로부터 여러 번 도일(渡日)을 강요받았으나, 거부하고 끝까지 배일(排日) 정신을 지킨 필자의 아버지, 의친왕.

다. 저녁마다 약주를 들고 오신 아버님은 울음 섞인 웃음과 나라를 빼앗긴 설움으로 방바닥을 세차게 두드리셨습니다.

"내가 죽어야지! 내가 없어져야지!"

피를 토해내듯 아버님이 절규하시면, 옆에 계시던 어머님이 "전하, 구들장 꺼지겠습니다. 고정하시와요"라고 달래시곤 했습니다. 육혈포를 공중에 발사하면서 "왜놈을 몰아내야지!" 하고 외치시기도 했습니다. 어린 나이에, 저녁마다 사직을 지키지 못한 아버님의 통곡과 이를 말리시는 어머님의 눈물, 가끔씩 방아쇠를 당기는 소리는 정말 무서웠습니다.

그 타버릴 듯 진한 울분을 아버님은 날마다 운동으로 해갈하셨던 것 같습니다. 어느 날, 내 앞에서 한 손으로 동전을 구부리기도 했습니다. 일제에 대항하고자 몸만 단련하신 것은 아니었습니다. 젊은 시절 미국 유학도 모자라 틈틈이 영어를 연마, 외국인들과 유창하게 대화를 나누셨습니다. 그 모든 것들이 훗날을 준비하시는 아버님의 와신상담(臥薪嘗膽)이었다는 것을 안 것은 훨씬 세월이 흐른 뒤였습니다.

가련한 나의 아버님. 1945년 나라가 해방된 이후, 오히려 아버님은 사동궁도, 성북동의 성락원 별장도 잃고 맙니다. 왕정복고를 두려워한 이승만 대통령이 왕실의 재산을 국유화한 데다, 조선조 왕족을 견제하고 천대했기 때문입니다. 6·25가 터지자, 안국동 별궁(현 풍문여고) 후원은 피난터로 변했습니다.

그런 모진 세파 속에서 하늘의 부르심이 겹쳤습니다. 부산 피난 시절의 영양실조 탓이었습니다. 아버님은 그러나 임종의 문턱에서도 쉽사리 삶을 매듭짓지 못하셨습니다. 영면했다 싶으면 다시 눈 뜨기를 일주일. 사람들은 "얼마나 한이 맺혔기에 그토록 편히 눈을 못 감으실까?" 애통해했습니다.

별세 직전, 아버님은 양쪽에 서 계시던 조계사 스님과 명동성당 노기남 대주교 가운데 대주교님을 택했습니다. 그분의 집전 아래, 장면 선생을 대부로 가톨릭에 귀의한 뒤 영욕으로 점철된 삶을 마감하셨습니다. 해방된 지 만 10년 되던 1955년 8월 15일. 향년 78세였지요.

한 많은 왕족, 그 신고(辛苦)의 삶. 아버님이 돌아가시자 자유당 정권은 근근이 지속되던 생활비와 학비마저 끊었습니다. 가수가 웬 말이냐며 펄쩍 뛰던 순종 황비 윤대비마마의 대노 앞에서, 그리고 황실의 족보에서 내치겠다고 엄포를 놓던 집안의 격렬한 반대 속에서도 내가 노래를 고집한 것은 힘없는 황손으로서의 삶이 너무도 고달파서였는지도 모릅니다.

1964년 대비마마께서 붕어하실 때에도 나는 워커힐호텔에서 노래를 불러야 했습니다. 옛날로 치면 국모가 돌아가신 것인데, 이게 있을 수 있는 일인가 하는 자괴감에 몹시 괴로웠습니다. 죽으러 가자. 그해 4월, 비둘기부대를 파병한다는 소식에 나는 베트남전쟁에 자원했습니다. 「비둘기 집」은 그때 탄생한 곡입니다.

  1년 반 만에 어깨 부상으로 돌아와 보니, 어머니는 동생 네 명을 두고 유명을 달리하신 뒤였습니다. 그 동안 나는 여덟 번이나 자살을 기도했습니다. 하지만 하늘에선 아직 때가 아니라고 생각했는지, 모진 목숨을 쉽게 끊을 수도 없었습니다.

  박정희 대통령의 배려로 1979년까지는 청와대 옆 칠궁에서 기거했으나, 전두환 정권이 들어서면서 다시 궁에서 쫓겨났습니다. 그 때부터 우리가 안고 살던 황손이란 의미는 모두 사라져버렸습니다. 1979년 12월 9일, 나는 도피하다시피 도미했습니다. 그러나 1989년 5월 숙모인 영친왕비 이방자 여사의 장례식 때, 나는 미국 영주권을 포기하고 이 나라의 품에 다시 안기기로 결심했습니다.

  이제 나는 조선왕조의 발상지인 전주의 전통한옥에서 내 할아버님, 아버님을 바라보며 역사 바로 세우기 운동을 벌이고 있습니다. 1994년 6월에는 대한황실 종정부도 구성됐습니다.

  대한제국은 공식적으로 막을 내린 적이 없습니다. 오직 일제가 강점하면서 서류를 위조했을 뿐입니다. 시대착오적인 행동이라는 손가락질도 있지만, 그 고귀한 역사와 전통과 이 나라의 자존심을 외면할 순 없다고 봅니다. 육혈포를 쏘며 통한의 눈물을 흘리시던 아버님의 애국정신을 기리며, 나는 오늘도 역사 바로 세우기에 매진하고 있습니다.

스무 살 청년의 로맨스

심경자

2미터가 넘는 만리장서 한 통도 두루마리로 나왔다. 척박한 시절에도 꿈을 잃지 않고 로맨스를 간직했던 스무 살의 남편이 신혼의 아내에게 보낸 긴 편지 속에는 이런 구절이 들어 있었다.
…나의 사랑 그대여. 그대는 가는 곳마다 이렇게 나를 에워싸고 이곳저곳에서 나를 부르는구려.

심경자

한국화가 · 세종대학교 회화과 교수

1944년 경남 창녕 출생. 수도여자사범대학(세종대학교)과 동 대학원에서 공부하고, 한국 근현대미술사의 거장 이당 김은호 선생과 운보 김기창 화백의 지도를 차례로 받았다.

1970년대 말 프랑스 파리의 폴 파케티 화랑에서 초대전을 열어 화제를 모았다. 런던의 레이튼 하우스 뮤지엄·조선일보 미술관·파리의 에스파스 키론에 이어 서울의 갤러리 현대에서 초대전이 열렸다.

맑고 깊은 동양의 세계를 바탕으로 지금도 서울과 파리를 오가며 전시하고 있다.

백양회 공모전 공보부 장관상·한국미술대상전 우수상·대한민국 국전 문공부 장관상을 수상했다.

스무 살 청년의 로맨스

결혼하여 세 아이의 엄마가 된 나에게, 어머니는 오랜 세월이 내려앉아 옅은 갈색으로 변한 아버지의 편지 한 통을 주셨다. 고보졸업을 앞둔 1930년에 쓰인 그 편지의 필체는 수려하고 예스러웠다.

사랑하는 나의 천사(天使)여, 나는 그대의 눈에서 흘러내리는 진주 같은 눈물을 보았도다…

아버지를 여읜 뒤 나의 눈에 비친 어머니는 조그맣고 예쁘지도 않은, 더더구나 여자도 아닌 그저 어머니였을 뿐인데, 그런 어머니께도 이렇듯 화사한 봄날이 있었다는 사실에 가슴이 아려왔다. 어머니는 어떻게 답장을 써서 보내셨느냐고 여쭤보았다. 한참을 머뭇거리시더니 "오대양 육대주가 아무리 넓다 한들 당신 품에 비하리오"란 구절을 들려주셨다.

  1910년 부유한 집안에서 태어난 아버지는 경남 창녕군 남지에서 산업조합을 경영하시다 마흔 둘에 돌아가셨다. 그때 내 나이 겨우 아홉 살. 죽음의 실체를 알기에는 너무 어렸다.

  내가 가진 아버지의 기억들이란 대개 세 살 터울 나는 언니의 기억들이었고, 사진 속 아버지를 실제 모습처럼 생각하곤 했다. 그러나 다행히도 소중하게 간직된 나만의 기억 하나가 있다. 6·25사변 때 아버지가 타고 가시던 차가 폭격을 맞아 다리에 부상을 입고 집에서 쉬실 때였다. 어머니의 놀란 목소리를 들으며 재빨리 식사하시는 아버지의 무릎에 앉아버렸다. 그 다음날부터는 아버지가 나를 불러서 무릎에 앉히고 밥을 먹여주시던, 그 기억이다.

  우리 집에는 누구도 열지 않은 아버지의 책장이 있었다. 유리창 속으로 들여다보이는 가운데 줄에는 일본에서 출판된 세계문학전집이 정물처럼 꽂혀 있었고, 한자로 제목이 쓰인 『부활』이나 『죄와 벌』도 언제나 그 자리에 멈춰 있었다.

  그리고 책장 아래 서랍 속에는 손잡이가 달린 네모난 까만 상자 하나가 들어 있었고, 그 속에는 수십 년을 깨어지지 않고 버텨온 레코드판들이 담겨 있었다. 베토벤의 「월광곡」도 있었고, 흘러간 노래들도 있었다. 하늘을 가로지르며 높게 울려 퍼지던 「백제의 노래」나 굵은 바리톤의 「혹 뗀 이야기」는 지금도 내 귓가에서 생생히 맴도는데, 그 동요나 동화는 이 세상 어디에서도 들을 수 없이 사라져버렸다.

나는 그 유성기 위에서 숙제도 하고 일기도 썼으며 잠에서 깨어나기도 했다. 유성기의 밥이 떨어져 노랫소리가 엿가락처럼 늘어져 괴성을 내거나 그응그응거리고 있으면 얼른 손잡이를 돌려 밥을 주었다. 유성기는 아버지와 나를 이어주는 가교였다.

그리고 다른 무엇보다도 음률처럼 감싸오는 아버지의 느낌은 어머니가 돌아가신 뒤 어머니의 유품 속에서 나온 아버지의 편지들이었다. 2미터가 넘는 만리장서 한 통도 두루마리로 나왔다. 척박한 시절에도 꿈을 잃지 않고 로맨스를 간직했던 스무 살의 남편이 신혼의 아내에게 보낸 긴 편지 속에는 이런 구절이 들어 있었다.

…나의 사랑 그대여, 그대는 가는 곳마다 이렇게 나를 에워싸고 이곳저곳에서 나를 부르는구려.

아버지는 어머니에게 수려한 필체로 아름답고 애틋한 편지를 띄우던 낭만적인 신사였다. 사진은 서른 살 무렵의 아버지. 1940년 일본 도쿄에서 촬영했다.

심경자 201

자기 자신의 부족한 점이
자식들에게서 충족되기를 바라는 것은
모든 부모의 경건한 소망이다.
― 괴테 (18~19세기 독일의 시인·극작가)

입술 흉터로 남은 아버지

이연수

지금도 나는 꿰맨 상처 때문에 매끄럽지 않은 입술에 립스틱을 바를 때마다 아버지를 생각한다. 재수술로 상처를 없앨 수도 있었지만, 나는 그렇게 하지 않았다. 아버지와의 추억이 담겨 있는 것이기 때문이다. 아버지와 함께한 변변한 추억은 아니지만, 아버지는 그 대신 나에게 지울 수 없는 추억거리를 남기고 가셨다.

이연수

모란미술관장

1944년 경기도 수원 출생. 충남 예산여자고등학교를 나와 숙명여자대학교에서 미술교육학을 전공했다.

1991년 경기도 남양주에 모란미술관을 개관해 운영하고 있다. 60만 평의 모란공원 옆에 위치한 모란미술관은 실내전시장뿐 아니라, 8천 6백여 평에 이르는 야외 전시공간을 갖춰 국내외 유명 조각가들의 작품을 상설 전시하고 있다.

10여 년 전 서울 인사동에 모란갤러리를 열었다.

입술 흉터로 남은 아버지

"다섯 바늘은 꿰매야 되겠네."

입술이 찢어져 피를 철철 흘리며 실려 온 딸에게 아버지가 하신 첫마디였다. 고등학교 2학년 때 학교에서 탁구를 치다가 미끄러져 그만 탁구대 모서리에 입술을 부딪치고 말았다. 감수성이 예민한 사춘기 시절에 얼굴을 다치고 들어온 딸에게 애정과 동정의 위로 대신 툭 던지신 그 한마디가 그렇게 서운할 수가 없었다.

그 일이 있은 지 1년 뒤, 외과의사였던 아버지(이영종·李盈鍾)는 심장마비로 세상을 떠나셨다. 건강하신 편이었지만, 수술을 끝내신 뒤 과음을 하시던 기억이 지금도 가슴에 남아 애처로운 마음이 들곤 한다.

지금도 나는 꿰맨 상처 때문에 매끄럽지 않은 입술에 립스틱을 바를 때마다 아버지를 생각한다. 재수술로 상처를 없앨 수도 있었지만, 나는 그렇게 하지 않았다. 아버지와의 추억이 담겨 있는 것이기 때문이다. 아버지와 함께한 변변한 추억은 아니지만, 아버지는 그 대신 나에게 지울 수 없는 추억거리를 남기고 가셨다.

내 기억 속의 아버지는 말수가 많으신 편도, 가족들에게 그리 다정한 편도 아니었다. 항상 수술과 병원 일로 바쁘셨다. 그래서 아버지와 무언가를 함께했던 기억은 별로 없다. 평소 아버지는 말로 잘 표현하지는 않으셨지만, 맏딸인 나를 무척 사랑하셨다고 한다. 그런 아버지의 마음을 알아서였을까? 어린 마음에도 나는 바쁜 아버

6·25 직후 군의관이었던 아버지가 휴가를 나와 예산 수덕사로 나들이했다. 한복을 입고 어머니 앞에 앉아 있는 여자아이가 필자다.

지를 한 번도 원망하거나 투정 부려본 적이 없다.

　아버지는 수원과 대전의 도립병원에서 근무하신 이후 충남 예산에서 개인병원을 개업하셨는데, 병원과 우리 가족이 사는 살림집이 같이 붙어 있었다. 살림집으로 난 문이 따로 있었는데도, 나는 늘 학교에서 돌아오면 병원 문으로 들어갔다. 그러고는 환자들의 신발 수를 보며 오늘 아버지가 얼마나 바쁘신지 확인부터 했다. 아버지에게 수술받기 위해서 멀리 천안이나 대전에서 오는 환자들도 많았다.

　무척 어려웠던 시절, 시골 읍내 병원은 항상 만원이었다. 가족들에게는 자상하지 못했던 점이 의사로서의 봉사정신 때문이었다는 사실이 이제야 가슴에 와 닿는다. 병원에 들어가서도 아버지와 대화를 나눌 수 있는 기회는 거의 없었다. 그저 진료실 창문을 통해 눈인사를 할 뿐이었다. 환자를 보고 계신 아버지에게 눈빛으로 학교에서 일어났던 일을 말하면, 아버지 역시 눈빛으로 받아주시곤 했다. 말보다는 눈으로 마음을 쏟아내는 나의 습관은 그때 훈련된 나 나름의 "기법"이었는지도 모른다.

　가족보다는 환자들을 돌보는 데 더욱 정성을 쏟으셨던 모습. 그러던 아버지가 상여에 실린 채 집을 나서던 날의 기억은 아직도 생생하다. 평생 환자들에게 인술을 베푸셨던 아버지를 기리기 위해 많은 분들이 상여 뒤를 따르고 있었다. 그때는 슬픔이 앞서 몰랐었지만, 그 모습을 생각할 때마다 가슴 뭉클하고 감사한 마음을 지울 수 없다.

　아버지의 마지막 길을 배웅해주신 분들의 얼굴이 그립다. 그래서 일까. 마석의 모란미술관으로 가는 길, 가끔 영구차가 아닌 꽃상여를 만나면 지금도 가슴이 뭉클해진다. 그 자체로 얼마나 아름다운 작품이며, 얼마나 슬픈 퍼포먼스인가.

  오랜 세월이 흘렀건만 나이가 들수록 추억은 뚜렷이 남아 유난히 아버지가 보고 싶다. 아버지가 그리우면, 가끔은 예산에 있는 아버지 산소에 남동생 근수와 함께 간다. 아버지 무덤 앞에서 나는 꽃과 술을 올리고 동생은 차를 올리며 그리움을 달래고 오는 것이다.

당신은
하늘의 구름이었습니다

설희관

우리 형제들의 영혼 속에서
한때는 비바람이나 안개가 되었다가
어느 때는 돌기둥이 되었던 아버님
이제는 일곱 색 무지개로 마음에 새깁니다
인생길 굽이굽이 철따라 오소서

설희관

시인

1947년 서울 출생. 서울 보성고등학교를 거쳐 한국외국어대학교 불어과를 졸업했다. 1977년 한국일보 입사하면서 언론계에 발을 내딛었다. 서울시민대상 심사위원과 청계천복원시민위원회 위원을 지냈다.
『현대시학』을 통해 등단, 시집『햇살무리』를 출간했다.

당신은 하늘의 구름이었습니다

나는 아버지에 대한 추억이 없다. 시인이자 소설가, 영문학자였던 선친은 일제강점기 조선물산장려운동을 주도적으로 전개한 개신 유학자 설태희(薛泰熙)의 4남 1녀 중 3남으로 1912년 함경남도 단천에서 태어났다.

선친은 1932년 연희전문을 거쳐 미국 오하이오주 마운트 유니온 대학과 컬럼비아 대학에서 영문학을 전공하고 돌아와 1945년 미 군정청 공보처 여론국장으로 일했다. 그 후 1947년 1월까지 미군정청 과도입법원의 사무차장 직을 맡았다. 한국전쟁의 와중에 월북했다가 휴전회담 북한대표단 통역관이 되었다. 그러나 1953년 임화(林和) 등과 함께 숙청당했다. 그때 그분의 나이 마흔하나였다.

나는 한국전쟁 때 네 살이어서 아버지의 얼굴도 모른다. 철이 들면서 아버지의 이름 석 자는 막연한 그리움의 대상이었다가, 어느 때는 원망의 주홍글씨가 되기도 했다. 학창시절 아버지는 남에게 내놓고 이야기할 수 없는 사람이었고, "남편과 아버지의 월북"은 가족들에게 낙인이 되어 상처를 남기고 있다. 그러나 선친의 짧은 생애의 편린 같은 기록들은 4남매의 가슴속에 영원히 남아 있다.

부산 피난시절 우리 형제들은 매일 아침 남편이 무사하기를 비는 어머니의 독경소리에 잠을 깼다. 부처님에 의지해서 홀로 자식들을 키우느라 신산의 세월을 보내신 어머니는 평생의 한을 못 풀고 1977년 어린이날 돌아가셨다. 나는 어려서부터 선친이 유산처럼 남긴 『종』『포도』『제신(諸神)의 분노』 등 시집 세 권, 1949년 출간된 우리나라 최초의 『햄릿』 번역본과 빛바랜 사진들을 신주 모시듯 간직해왔다.

그러한 우리 가족사에 큰 획을 그은 사건은 내가 중학생이던 1962년 여름, 둘째 형이 즐겨보던 「사상계」 9월호에 실린 「한 시인의 추억, 설정식(薛貞植)의 비극」이란 장문의 기사였다. 이 글은 그때까지만 해도 북쪽 하늘 아래 살아 계시다고 막연하게나마 믿었던 아버지가 이 세상 사람이 아니라는 놀라운 사실을 알게 해주었다. 그러나 돌아가신 날짜를 몰라, 지금도 해마다 생신인 음력 팔월 초 아흐렛날 제사를 지내고 있다.

누이와 둘째형은 당시 「사상계」 사장인 장준하(張俊河) 선생을 찾아가, 파리에 살고 있다는 기고자의 주소를 알아봐달라고 부탁하기도 했다. 기고문은 헝가리의 소설가이며 기자인 티보 머레이가 1951년 헝가리 공산당 중앙기관지 「스자바네프」(자유인)의 종군기자로 북한에 특파된 뒤, 개성과 판문점 휴전회담 등을 취재하면서 알게 된 선친에 대한 회상이다.

2005년 5월, 우리 형제들은 이 세상에서 선친을 마지막으로 본 백발의 머레이씨를 만났다. 대산문화재단이 주최한 서울국제문학포럼에 초청돼 서울을 처음 찾은 길이었다. 나는 그분에게서 아버지를 느꼈다. 중앙의 일간지들은 앞 다투어 우리들의 만남을 보도했다. 「당신에게서 아버지를 봅니다」라는 제목의 한국일보 기사는 이렇게 적고 있다.

'저는 이제야 아버님을 만났습니다. 아니, 아버님이 생겼습니다.'
 반백 년의 세월을 이기고 대(代)를 넘겨, 지구 반 바퀴의 먼 길을 돌아, 두 사람이 벅차게 만났다. 포럼 참가 차 방한한 헝가리 출신 소설가 티보 머레이씨와 설희관 시인. 지난 22일 저녁 서울의 한 호텔에서 만난 두 사람은 한동안 서로 말문을 열지 못했다.
 생면부지 두 사람의 서로를 향한 시선은 그 자리에 없던 한 사람의 뚜렷한 영상을 더듬고 있었다. 바로 비운의 월북시인 설정식(1912년~1953년)씨. 설 시인의 선친이고, 머레이씨의 '영혼의 친구'다.
 고인은 미국 유학까지 마친 해방정국의 엘리트 지식인이자 시인이었다. 미 군정청에서 잠깐 일했으나 이승만 정권의 부패와 미군정의 횡포에 환멸을 느껴 한국전쟁 발발 직후 월북했으나, 53년 북한 정권에 의해 '미제의 간첩'으로 조작돼 처형당했다.

 월북 당시 아버지에게는 아내와 세 아들과 딸이 있었다. 막내인 나는 당시 겨우 만 세 살이었다. 머레이씨는 북한군 통역관으로 근무하던 "설 소좌"를 만나 깊은 우정을 나누었다.

필자의 부모님이 결혼식 직후에 찍은 사진.

"우리는 한눈에 의기투합해 근 1년 동안 술로 밤을 지새우며 문학과 시와 역사와 삶을 이야기했지요."

심장병을 앓던 아버지는 헝가리 정부가 북한에 지어준 병원에서 치료를 받은 경험과 헝가리인 의사 등과의 우정을 노래한 장시 「우정의 서사시」를 썼고, 머레이 씨는 이 시의 영역본을 고국으로 보내 책을 내기도 했다.

53년 여름, 재차 평양에 파견된 머레이씨는 이 "영혼의 친구"를 어두컴컴한 정치범 재판정에서 다시 보게 된다. 그는 「사상계」에 기고한 글에서 "어떤 명분으로도 자기 민족이 흘리는 피를, 그 전쟁의 참상을 납득하지 못하던 그 여린 양심이 그의 죄과라면 죄과"라며 "그 재판은 토착 공산당원의 숙청이었다"고 술회했다.

머레이씨는 선친과의 우정과 가슴 아픈 이별을 떠올리며 자주 말을 멈춘 채 상념에 잠겼다. 50년 넘게 간직해온 선친 관련 자료만도 서류봉투로 두 개나 되었다. 그분은 50여 년 전 취재노트와 김일성에게 받은 훈장 등을 보여주었고, 헝가리어로 번역 출간한 『우정의 서사시』, 휴전회담장에서 찍은 선친 사진 등 많은 자료도 우리에게 주었다. 화가인 그의 부인이 사진을 본 따 그린 선친의 인물화를 보여주기도 했다.

편모슬하의 우리 형제들은 "아버지 부재"의 정신적·경제적 고통 이외에도, 연좌제라는 서슬 퍼런 정치적 족쇄에 묶여 살아야 했다.

1999년 4월 시 전문지를 통해 늦깎이로 등단한 나는 2004년 4월 첫 시집을 발간, 시인 아버지의 문학적 핏줄을 명색이나마 이은 것을 다행으로 생각한다.

시집에는 선친을 그리는 「아버지」란 시가 있다.

이데올로기의 홍수 속에/ 모습도 남기지 않은 채 휩쓸려 간 사람/ 그래서 나는 그의 얼굴을 모른다/ 옆모습 뒷모습도 허망하다/ 목소리는 어땠나, 키는 몇 척이었나/ 도무지 도무지 알 수가 없다/ 30대 청년의 정면 사진 한 장이/ 한평생 영정으로 남은 사람이여/ 휭 하니 떠난 밭길 영겁으로 이어져/ 아들보다 어린 마흔 하나에/ 세상에서 밀려난 불쌍한 시인/ 이제는 바람결에 춘천 길로 달려와/ 모란공원 어머니 곁에 누우셨을까/ 포르말린에 절인 나비처럼/ 시집 속에 화석으로 남아 있는 나의 아버지/ 내일은 붉은 잉크 들고 종로구청 찾아가/ 가출 노인 이제사 돌아오셨다고 신고해야지/ 얼굴도 모르고 목소리도 들은 적 없는 그 아버지가/ 이제사 돌아가셨다고 바른말해야지

나는 그날 밤 잠을 이루지 못했다. 마치 돌아가신 아버지를 만나고 돌아온 듯 만감이 교차했다. 새벽 3시께 끼적거린 「뻐꾸기 몸을 빌려」란 시에, 나는 이렇게 소회를 피력했다.

...

아버님! 당신은 셋째 아들로 태어난
저를 예뻐도 하고 품어도 보았겠으나
저에게 당신은 하늘의 구름이었습니다
형체는 있으나 무어라 말할 수 없는

우리 형제들의 영혼 속에서
한때는 비바람이나 안개가 되었다가
어느 때는 돌기둥이 되었던 아버님
이제는 일곱 색 무지개로 마음에 새깁니다
인생길 굽이굽이 철따라 오소서

티보 머레이 선생님 소식에
혹시 어제 뻐꾸기의 몸을 빌려
저 사는 동네 아파트 옥상에 오시어
불쌍한 어머님과 같이 뻐꾹 뻐꾹
구슬피 울지는 않으셨는지요

...

사랑방 사람 교육

김 홍

  사랑방에 자주 불려갔다.
"절하거라. 강릉에서 족보 때문에 오셨다."
어느 날 또 불려 나갔다. 이번에는 사랑에 손님이 없었다. 서탁 위에 한문 책이 한 권 놓여 있었다. 『소학』(小學)이었다. 소학이 다시 『맹자』(孟子)로 바뀌었다.

김 홍

KBS 부사장

1951년 충남 천안 출생. 천안고등학교를 거쳐 고려대학교 철학과를 졸업했다.
KBS 보도국 기동취재부장·문화부장·뉴스투데이부장·르포 60 앵커·통일부장·뉴미디어 방송콘텐츠 주간·KBS 보도국 편집 2주간·보도본부장을 역임했다.
1981년 「카라코람 히말라야의 한」으로 아시아태평양방송연맹(ABU) 특별상을 수상했다.

사랑방 사람 교육

아버지(김진화 · 金振華 · 1911년~1972년)는 딸 셋과 아들 다섯을 두었다. 아들이 늦었다. 위로 딸 둘을 얻은 뒤, 마흔이 되어서야 첫 아들을 보았다. 전쟁이 한창이던 경인년 섣달 초이렛날 자정 무렵이었다.

그날 밤, 아버지가 갑자기 사라져버렸다. 산모 방에 들러 아들임을 확인하더니, 그 길로 대문을 나서더라는 것이었다.

아침이 되고 점심이 지나도록 소식이 없었다. 엄동설한에 입성이 부실한 채로 나간 터라 가족들의 걱정이 컸다. 동네 장정들이 찾아 나섰다. 눈 위에 나 있는 발자국은 앞산에서 주산골로, 주산골에서 그지울로 이어졌다. 증조부에 이어 고조와 5대조 · 6대조의 묘소 앞에 누군가 엎드렸던 자국이 선명했다.

아버지는 그날 저녁 늦게야 돌아왔다. 아무 말씀도 없었다.

얼마 뒤 풍문이 돌기 시작했다. 30여리 밖, 전동면 청람리의 산

지기가 아버지 비슷한 사람을 본 것 같다는 것이었다. 싱글벙글 웃으며 국사봉 쪽으로 가는데, 엄동설한에 그럴 리가 없어 긴가민가 했다는 이야기였다. 청람리 국사봉은 아버지가 그토록 자랑스러워했던 17대조 충정공의 산소가 있는 곳이다. 충정공(松擣 金承霪·1359년~1438년)은 태종 때 대사헌에 제수됐으나 불사이군(不事二君)의 지조를 지켜 벼슬길에 나아가지 않은 대쪽 같은 선비였다.

우연히도 아버지에 대한 나의 기억은 겨울 어느 날 밤의 눈 덮인 산속에서 시작된다. 다섯 살쯤 됐을 것이다. 아버지는 나의 손을 잡고 산을 올랐다. 나무숲 사이로 용케 길을 찾아 나아갔다. 가끔 무덤이 나타났다. 무덤 속에서 귀신이 나올 것 같았지만 무섭지는 않았다. 아버지가 옆에 있으면 무서운 것이 없었다.

"절하거라."

무덤 앞에 이를 때마다 절을 시켰다. 아버지도 같이 절을 했다. 아버지는 정말이지 모르는 것이 없었다. 무덤 속의 귀신과도 잘 아는 사이 같았다. 귀신들과 이야기를 나눴다. 내가 그들의 후손이니 훌륭한 사람이 되도록 보살펴달라고도 했다. 손발이 얼어 아프기 시작했지만, 나는 씩씩하게 참았다.

이튿날 아침.

귀신들이 집으로 찾아왔다. 귀신들은 차례상 위에서 즐거워했다. 간밤에 아버지와 이야기를 나눈 주산골과 그지울의 귀신들이었다. 아버지는 귀신이라고 부르면 안 된다고 했다. 혼령이라고 불러야 한다는 것이었다. 조상의 혼령들이 세배를 받으러 오신 것이라고 했다.

기억 속의 첫 설날 아침을 나는 그렇게 맞았다.

어렸을 때 이사를 여러 번 다녔다. 대여섯 살 무렵의 우리 집은 쇠전거리에 있었다. 안채와 사랑채로 나누어진 한옥이었다.

한의사였던 아버지는 사랑채에서 환자를 보았다. 늘 손님이 있었으나, 환자 손님 보다는 길손이 더 많았다. 당시 천안에는 객사가 적었다. 우리 집 사랑방은 어느 사이 경향각지의 종친들이 나들이 길에 묵고 가는 숙소가 되어 있었다.

사랑방에 자주 불려갔다.

"절하거라. 강릉에서 족보 때문에 오셨다."

종친들이 찾아오면 절을 한 뒤에도 쉽게 빠져 나올 수 없었다. 무릎을 꿇고 앉아 어른들의 이야기를 듣고 있어야 했다. 교육의 시작이었다.

태종 무열왕과 명주군왕의 행적은 늘 화제의 중심이었다. 무열왕의 5대손이자 강릉 김가의 시조인 김주원 명주군왕이 왕의 자리를 원성왕에게 양보한 것이냐, 빼앗긴 것이냐를 놓고 종친 사이에서도 생각들이 달랐다. 우리 집 사랑방에서는 노론과 남인이 여전히 당쟁의 와중에 있었다.

고려의 상장군 김사혁 할아버지도 다시 살아나, 호남과 충청지방에서 노략질하는 왜구를 몰아내고 목천 흑성산에서 잔당들과 마지막 전투를 벌였다. 모암파와 구지동파는 종친간이면서도 은근히 경쟁을 하는 듯했다. 이해하기 쉽지는 않았지만, 나는 차츰 사랑방 옛날얘기의 재미에 빠져들기 시작했다.

어느 날 또 불려 나갔다. 이번에는 사랑에 손님이 없었다. 서탁 위에 한문책이 한 권 놓여 있었다. 『소학』(小學)이었다. 아들이 늦어 조급했던 아버지는 천자문을 건너뛰고 소학부터 가르쳤다.

"쇄소응대(灑掃應對) 진퇴지절(進退之節)이라. 아침에 일어나면 청소부터 하고, 밖에 놀러나가거나 들어올 때 반드시 어른께 인사를 해야 한다."

소학이 다시 『맹자』(孟子)로 바뀌었다.

"양혜왕이 말했다. 불원천리이래(不遠千里而來) 역장유이리오국호(亦將有以利吾國乎). 천리를 멀다않고 오셨으니 장차 우리나라에 어떤 이익을 주시겠습니까?

맹자께서 말씀하셨다. 왕하필왈이(王何必曰利) 역유인의이이의(亦有仁義而已矣). 왕께서는 하필 이득만을 말하십니까. 인의 또한 중요합니다… 홍아, 무슨 뜻인지 알겠느냐?"

"……"

알아들을 리 만무했다. 그러나 그렇게 사랑방은 서당으로 바뀌었고, 초등학교에 들어가서야 나는 사랑방에서 해방되었다.

나는 늘 아버지가 어려웠다. 초등학교 때 담임선생님들도 아버지를 어려워했다. 선생님들의 가정방문에 자주 길안내를 맡았으나, 정작 우리 집은 제외되기 일쑤였다.

예외가 한 번 있었다. 중학교에 입학원서를 낼 무렵이었다. 담임선생님이 불쑥 찾아왔다.

"홍이가 큰일입니다."

한 번도 아들에 대한 신뢰를 놓지 않은 필자의 아버지.

"무슨 말씀이신지?"

사랑방의 대화는 엿듣지 않아도 짐작이 됐다. 나는 당시 이른바 명문이었던 K중학이 아니라 P중학에 가겠다고 고집했다. 선생님이 펄쩍 뛰었다. 성적이 좋음에도 굳이 그 학교를 선택하는 철없는 아이를 설득하려고 찾아온 것이었다.

아버지의 답변은 의외였다.

"그 놈이 그렇게 고집한다면 그냥 놔두시지요… 무슨 생각이 있겠지요."

선생님은 난감한 표정으로 돌아갔다. 그러나 그 뒤, 선생님은 입학원서 사정에서 P중학으로 분류된 급우들의 학부형이 항의하러

올 때마다 당당하게 말했다.
"그 학교도 괜찮습니다. 김홍이도 거기 갑니다."

대학입시를 준비할 무렵, 아버지는 병환 중이었다. 합격한 뒤에야 말씀을 드렸다.
"대학에 갔습니다."
"무슨 과냐?"
망설여졌다. 그렇다고 거짓으로 고할 수도 없었다.
"철학과입니다."
"……"
침묵이 흘렀다. 표현은 안 했어도, 아버지의 기대는 다른 데 있음을 예전부터 짐작하고 있었다. 그러나 한참 뒤 아버지의 응대는 역시 의외였다.
"철학이라… 어려운 공부일 텐데…"
아버지는 한 번도 아들에 대한 신뢰를 놓지 않았다. 아들의 선택은 곧 자신의 선택이고, 아들 속에 살아 있는 조상들의 선택이라는 것이 아버지의 믿음이었다. 자신과 아들과 조상들이 하나이고, 그리하여 모든 생명들이 과거로부터 미래까지, 지금 여기에서 하나라는 것이 아버지의 굳은 믿음이었다.
그리고 그것이 우리 부자가 나눈 금생에서의 마지막 대화였다.

비굴과 바꾼 책

고도원

어렵게, 어렵게 모으신 어마어마한 분량의 책을 내게 물려주셨다. 그러므로 아버지가 주고 가신 책은 나에게 있어 그냥 책이 아니다. 그분의 눈물이고, 비굴함이고, 영혼이고, 삶 전체다. 돈으로 환산할 수도, 그 어떤 것과도 견줄 수 없는 아버지의 영적·정신적 유산인 것이다.

고도원

아침편지 문화재단 이사장

1952년 전주 출생. 연세대학교 종교학과를 졸업했다. 미주리 대학교 언론대학원을 거쳐 연세대학교 대학원에서 정치학 석사 과정을 마쳤다.

중앙일보 편집국 사회·정치부 기자 출신으로, 김대중 대통령 시절 5년간 청와대 비서관으로 연설문을 썼다.

2001년 8월 1일 친구 몇 사람에게 이메일을 통해 「고도원의 아침편지」를 보내기 시작한 것이 현재 125만 명으로 수신자가 늘어났다. 이를 바탕으로 문화재단을 설립했으며, CBS 라디오의 사회자로도 활동 중이다.

중앙일보 특종상·중앙일보 시너지상·황조근정훈장 등을 받았다.

비굴과 바꾼 책

"회초리 꺾어와!"

아직도 아버지의 호통소리가 귓가에 쟁쟁하다. 어린 시절 아버지는 나에게 매를 들어 책을 읽게 했다. 그리고 이따금 검사해서 책에 밑줄이 그어져 있지 않으면 회초리를 꺾어오게 해서 종아리를 때렸다.

초·중학교 때 고문받듯 읽은 책이 두 권 있다. 함석헌의 『뜻으로 본 한국역사』와 아널드 토인비의 『역사의 연구』다. 당시엔 무슨 뜻인지도 모르면서, 매를 맞지 않으려고 도나캐나 밑줄을 그어 흔적을 남겼다. 그러나 이 두 책은 내 인생에 가장 큰 영향을 준 저서가 되었다. 나이가 들어 읽는 횟수가 반복될수록 새로운 의미들을 발견하게 된다. 지금도 그 두 책은 항상 나를 따라다니며 내 사무실 서재의 한편을 차지하고 앉아 내 인생의 스승이 되어주고 있다.

아버지는 시골 교회 목사였다. 교회에서 사례비로 받는 것이 고작 보리쌀 한 가마니에 쌀 몇 말 수준이었다. 그래서 3남 4녀인 우리 7형제는 늘 배가 고팠다. 밥 때가 되면 서로 한 숟갈이라도 더 먹으려고 다투다 싸움으로 번졌고, 항상 누군가 울음을 터뜨리는 것으로 끝이 나곤 했다. 경제적 어려움 때문에 어머니가 고생을 많이 하셨다.

아직도 내 기억 속에 가장 선명한 어머니의 모습은 빈 고구마 밭에 동그랗게 앉아 고구마 이삭을 캐는 모습이다. 고구마 이삭 캐기란 이미 추수가 끝난 고구마 밭을 호미로 다시 파헤쳐서 주인이 미처 거둬가지 못한 고구마를 챙겨오는 것이다.

마치 보물찾기라도 하듯 한나절 반나절 그렇게 맨땅을 다시 파헤치다 보면 깨진 고구마도 나오고, 재수가 좋은 날엔 덩굴째 나오기도 한다. 이렇게 캐 온 고구마를 잘게 썰어 보리밥에 잔뜩 섞으면 두세 그릇 나올 밥이 거짓말같이 열 그릇으로 늘어난다. 밥이라 하기엔 너무 거친 고구마 밥을 먹고 우리는 자라났다.

이따금 아버지 어머니가 부부싸움을 하곤 했다. ― 목사도 부부싸움을 한다? 물론이다. 어떤 고생에도 꿋꿋하셨던 어머니가 유일하게 큰 목소리를 내는 순간은 바로 아버지가 책을 사오는 날이다.

"또 책을 사셨어요?" 하며 어머니가 큰소리를 지르면, 아버지의 표정이 금세 달라졌다. 겸연쩍음과 비굴함이 뒤섞인 표정으로, 그 어려운 국면을 모면하기 위해서 애를 무척 쓰셨다. "목사가 책 없이 어떻게 설교를 하느냐"는 말로 어머니를 달래보지만 소용이 없었다. 오히려 어머니의 목소리만 더 높여놓을 뿐이었다.

"한 달 동안 죽도록 고구마 이삭을 주워봐야, 당신 오늘 사들고

10여 년 전 아버지(고은식 목사)가 작고하기 전, 모처럼 부자가 서울 고궁 나들이를 했다. 어린 시절 아버지는 매를 들어 책을 읽게 했다.

온 책 한 권 값이 안 돼요!"

  10여 년 전 아버지는 72세의 일기로 별세하셨다. 그러면서 그렇게 어렵게, 어렵게 모으신 어마어마한 분량의 책을 내게 물려주셨다. 그러므로 아버지가 주고 가신 책은 나에게 있어 그냥 책이 아니다. 그분의 눈물이고, 비굴함이고, 영혼이고, 삶 전체다. 돈으로 환산할 수도, 그 어떤 것과도 견줄 수 없는 아버지의 영적·정신적 유산인 것이다.

  아버지가 돌아가시고 얼마 뒤의 일이다. 어느 날 아버지가 주신 책을 읽어내려 가다 그 책에서 아버지가 그어놓은 밑줄을 발견하게 되었다. 그 순간 나는 전류에 감전된 듯한 뜨거운 느낌을 받았다.

돌아가신 아버지가 그어놓은 밑줄에서 살아 있는 아버지의 숨결을 느낀 것이다.

'희망이란 본래 있다고도 할 수 없고 없다고도 할 수 없다. 그것은 마치 땅 위의 길과 같은 것이다. 본래 땅 위에는 길이 없었다. 걸어가는 사람이 많아지면, 그것이 곧 길이 되는 것이다.'

루신(魯迅)의 『고향』 중에 나오는 구절이다. 요즘에도 나는 아버지의 책이, 아버지의 밑줄이 내 마음 한편을 따뜻하게 채우고 있음을 느낀다. 내 가슴에 영원히 식지 않는 영혼의 난로를 선물하고 가신 것이다.

아버지의 꿈 · 아들의 꿈

김명곤

아버지는 가끔 내 노트를 들여다보시곤 했다. 연극과 판소리와 예술에 대한 메모와 시들이 잔뜩 쒸어 있는 그 노트를 통해 아들이 얼마나 예술을 향한 갈증에 시달리고 있는지 잘 알고 계셨고, 그 갈증이 충족되지 않을 때 찾아오는 절망과 고통이 어떠하리라는 것을 자신의 젊은 시절에 뼈저리게 겪었기 때문일 것이다.

김명곤

연기자

1952년 전북 전주 출생. 전주고등학교를 거쳐 서울대학교 독어교육과를 졸업했다. 「뿌리깊은나무」 편집기자와 배화여고 교사를 지낸 뒤, 극단 아리랑을 창단하며 연극 활동에 몰두했다.

전국마당극협의회 의장을 역임했고, 한국예술종합학교 연극원 객원교수로 재직했다. 국립중앙극장 극장장을 두 번 연임했다. 연극 「장사의 꿈」 「난장이가 쏘아올린 작은 공」 등을 공연했고 「어머니」 「백범 김구」 등을 연출했으며, 「서편제」 등의 영화와 「오늘도 나는 집으로 간다」 등의 TV 드라마에도 출연했다.

청룡영화상 남우주연상·현대연극상 연출상 등을 받았다.

아버지의 꿈 · 아들의 꿈

아버지는 어려서부터 예술적 기질이 풍부하고 공부를 잘해 전주보통학교를 졸업한 뒤 명문인 전주북중학교 시험에 합격했다. 그러나 집안 사정으로 진학이 좌절되자 어린 나이에 가구점에서 사환 노릇을 했다.

음악에 심취했던 아버지는 외국에 유학을 가기 위해 음악교사한테 성악을 배우며 돈을 모았다. 그러기를 몇 년간 계속했지만 홀로 계신 할머니께 송금을 하다 보니 돈은 뜻대로 모아지지 않았고, 결국 음악에 대한 꿈을 접고 말았다.

의료기계 판매회사에 취직하여 돈도 벌고 젊은 호기도 마음껏 펼치던 아버지는 스물아홉 살 되던 해 어머니와 혼인을 했다. 아버지는 능력 있고 정직한 사위로서 풍성여관을 운영하던 처가의 살림을 책임지게 되었고, 어머니는 틈틈이 배운 미용기술을 살려서 여관 옆에 백조 미용실을 차렸다. 여관과 미용실 모두 번창하였다. 그래서 나와 내 누이들의 어린 시절은 피아노와 노랫소리, 미용사와 이모들의 웃음소리들로 채워져 있다.

> 푸른 잔디 풀 위로 봄바람은 불고
> 아지랑이 잔잔히 끼인 어떤 날
> 나물 캐는 처녀는 언덕으로 다니며
> 고운 나물 찾나니 어여쁘다 그 손목

어린 시절, 아버지는 가끔 이 노래 「나물 캐는 처녀」를 불렀다. 평상시의 퉁명스러운 목소리가 노래를 부를 때면 가늘게 떨리고 부드러운 가성으로 흘러나오는 게 신기해서, 나는 아버지가 노래 부르는 걸 참 좋아했다.

그러나 아버지의 노랫소리는 내가 여섯 살이 되던 무렵 우리 집안에서 사라졌다. 재산을 일시에 날리게 되었기 때문이다.

아버지는 부단히 일자리를 알아보고 취직해서 얼마간은 돈을 벌기도 하셨지만, 금세 그만두곤 하셨다. 사장이 탈세를 한다든가, 부정한 일을 시킨다든가, 종업원을 부당하게 수탈한다든가 하는, 그때에 어느 직장에서나 있을 수 있는 것들이 이유였다. 그러나 아버지는 그런 것들과 타협하지 못했고, 그런 것에 굴복해야 하는 자신의 처지를 용서하지 않았다.

대학 시절 나는 오로지 연극에 대한 열정으로 질풍노도의 세월을 보내고 있었다. 내가 2년간의 짧은 직장 생활 끝에, 앞으로는 연극을 하며 살겠다고 선언했을 때 아버지는 조금도 반대하지 않으셨다.

아버지는 가끔 내 노트를 들여다보시곤 했다. 연극과 판소리와 예술에 대한 메모와 시들이 잔뜩 씌어 있는 그 노트를 통해 아들이 얼마나 예술을 향한 갈증에 시달리고 있는지 잘 알고 계셨고, 그 갈증이 충족되지 않을 때 찾아오는 절망과 고통이 어떠하리라는 것을 자신의 젊은 시절에 뼈저리게 겪었기 때문일 것이다.

그러한 이해의 대가로 우리 집은 또다시 가난에 시달리기 시작했다. 아버지의 병간호를 하며 연극을 하던 그 무렵이 내게는 가장 가슴 아픈 시절이었다.

연극을 하겠다는 나의 선택 때문에 엄청난 고통을 당하면서도 조금도 아들을 원망하지 않고 끝까지 믿어주신 사랑에, 아무런 보답을 못해드린 불효의 한이 지금껏 나를 슬프게 하고 괴롭히고 있다.

1973년 필자(뒷줄 맨 오른쪽)가 대학 3학년일 때 고향 전주에서 찍은 가족사진. 앞줄에 앉은 분이 부모님이고 뒤로 누나 셋과 남동생·여동생이 서 있다.

자식들은 어려서 어머니의 젖을 빨고,
커서는 아버지의 젖을 빤다.
― 존 레이 (17세기 영국의 박물학자)

내 안에 살아 있는 분

안규철

나는 지금의 내가 아버지처럼 살고 있음을 느끼고 있다. 외로움에 대한 내성(耐性)은 전적으로 아버지의 유산이다. 그가 보여준 삶이 그렇고, 또 나를 일찌감치 떠나보냄으로써 독립적인 인간으로 키운 그의 결정이 또한 그렇다. 내 속에는 나의 아버지가 그대로 살아 계신다.

안규철

조각가·설치미술가·한국예술종합학교 미술원 교수

1955년 서울 출생. 서울대학교 미대 조소과를 거쳐 독일 슈투트가르트 국립미술학교를 졸업했다.
유머 넘치면서도 은근슬쩍 허를 찌르는 개념미술로 유명하다. 로댕갤러리에서 일상의 부조리함을 끄집어내 보여주는 대형 전시회를 연 것을 비롯하여 여러 기획 전시회를 개최했다.
저서로는 서구 현대미술의 체험을 기록한 『그림 없는 미술관』과 수필집 『그 남자의 가방』이 있다.

내 안에 살아 있는 분

아버지와 내가 함께한 시간은 길지 않았다. 초등학교 3학년을 마쳤을 때 이미 나는 그의 곁을 떠나왔다. 서울 토박이이면서 지방도시 공립병원의 월급쟁이 의사였던 아버지는 아들을 '좋은' 학교에 진학시키기 위해 서울의 고모 댁으로 보내셨다. 그때 내 나이가 아홉 살이었으니, 너무했다는 생각이 든다.

어머니는 한두 달에 한 번씩 자식을 보러 서울을 다녀가셨지만, 아버지는 방학에 집에 내려가 있을 때 이외에는 뵐 수가 없었다. 내가 대학을 마칠 때까지 아버지는 계속 지방에 계셨고, 건강이 나빠져서 서울로 오셨을 때 나는 군대에 가 있었다. 그러고는 내가 제대하기 한 해 전 세상을 떠나셨다. 그때 나는 스물셋이었다. 짧은 만남, 긴 이별의 인연이다.

내게 아버지가 있었던 시간보다 아버지가 없는 시간이 더 길어진 지금, 그에 대한 기억은 몇 개의 단편적인 장면들로만 남아 있다. 사진관에 가서 찍은 가족사진 외에는 아버지와 내가 함께 나오는 사진도 몇 장밖에 없다. 그러나 기억 속의 장면들은 사진보다 생생하다.

저녁식사를 하고 난 뒤 아버지의 손을 잡고 걸어서 영화관에 자주 갔던 일은 지금까지도 인상적이다. 존 웨인이 나오는 서부영화들, 전쟁영화들, 때로는 무서운 장면이 다 지나갈 때까지 눈을 가려야 했던 사극들을 보고 나오면 밤하늘의 별들이 쏟아질 듯 반짝였다. 그 기억 속에 아버지가 함께 있다. 영화는 그 시절 소도시에서 누릴 수 있는 거의 유일한 문화생활이었다. 음악을 좋아하셨고, 언젠가 첼로를 하는 아랫집 청년을 집으로 불러 가족들 앞에서 연주를 청했던 것도 잊혀지지 않는 장면이다.

그 밖의 시간에 아버지는 끊임없이 뭔가를 쓰고 그리는 생활로 일관했다. 나중에 안 일이지만, 그것은 외과수술에 관한 두꺼운 장정의 신간 원서들을 빌려다가 그 내용을 16절 갱지에 고스란히 필사하는 일이었다. 이 무모한 작업을 얼마나 오래 계속했는지, 필사본 뭉치들은 우리 집 다락과 장롱 위에 노끈으로 묶여서 켜켜이 쌓여 있었다.

그 필사본들에는 마치 레오나르도 다빈치가 그린 소묘처럼 글과 그림이 함께 들어 있었다. 수술 부위를 설명하는 도판을 펜으로 꼼꼼히 옮겨 그리는 모습을 지켜보면서 내게도 그림을 그려달라고 조르곤 했던 기억이 난다. 그러면 아버지는 하던 일을 멈추고는 말도 그려주고 비행기도 그려주셨다.

내가 그림에 취미를 붙이고 나중에 미술대학을 가기로 마음먹게 된 맨 밑바닥에는 아마 그때의 황홀했던 기억이 들어 있을 것이다.

방대한 분량의 그 필사본들은 아버지가 돌아가신 뒤 몇 번의 이사를 거치며 사라져버렸다. 어머니는 지금도 그것들을 간직하지 못한 것을 마음 아파하신다.

　아버지의 삶은 환자를 다루는 일 이외에는 외부와의 접촉이 거의 없는 자족적인 것이었다. 쌀 한 가마가 얼마인지도 모르셨고, 남과의 교섭은 거의 어머니가 떠맡았다. 의사라는 신분이 그나마 이런 삶을 가능하게 했을 것이다.
　때때로 병원직원들의 결혼식 주례를 서는 일은 있었지만, 사람들 앞에 나서거나 남들과 부대끼는 번잡스러움을 싫어했다. 그런 삶이 주는 외로움을 반복적인 일에 집중함으로써 넘어설 수 있었던 것으로 보인다. 의학서적의 필사가 뜸해진 뒤로는 때때로 그림을 그렸고 쉰이 넘은 나이에 갑자기 독일어를 공부하기도 했다.
　철이 들면서 나는 아버지처럼 살지 않겠다고 속으로 다짐하곤 했었다. 친구분들처럼 서울에 번듯한 병원을 갖지도 못하고, 그 바람에 가족이 떨어져 살고 있는 것을 원망하기도 했었다.
　대학을 나와 한동안 기자로 생활했지만, 끊임없이 낯선 사람들과 만나고 다른 사람들을 다루는 일은 내 적성이 아니었다. 늦게 떠난 유학 끝에 미술을 업으로 삼게 되고 학교에 자리를 잡으면서, 나는 지금의 내가 아버지처럼 살고 있음을 느끼고 있다. 집과 학교를 규칙적으로 오가는 단조로운 삶, 취미도 없고 사람들과 잘 어울리지도 않으며 한 자리에서 시시포스처럼 같은 일을 집요하게 반복하는 식물적인 생활을 나는 기꺼이 견딘다.

외로움에 대한 내성(耐性)은 전적으로 아버지의 유산이다. 그가 보여준 삶이 그렇고, 또 나를 일찌감치 떠나보냄으로써 독립적인 인간으로 키운 그의 결정이 또한 그렇다. 내 속에는 나의 아버지가 그대로 살아 계신다.

두꺼운 의학서적을 펼쳐놓고 외과수술 부분을 갱지에 꼼꼼히 옮겨 그리던 아버지. 옆은 다빈치의 스케치를 닮은 아버지의 필사본을 잃어버리고 애석해하던 어머니.

아버지, 당신의 이름으로

박중훈

나는 「찰리의 진실」을 찍기 전, 극중 이름을 내가 지을 수 있게 해달라고 제작자와 감독에게 부탁했습니다. 할리우드 메이저 영화에 꼭 붙이고 싶은 이름이 있다고. 그 부탁은 결국 용납이 됐고, 난 촬영하는 5개월 내내 그 이름으로 살 수 있었습니다. Il-Sang(일상) -- 이것은 살아 계셨으면 누구보다도 기뻐하셨을 나의 아버지 이름이었습니다.

박중훈

영화배우

1966년 서울 출생. 용산고등학교·중앙대학교 연극영화과를 거쳐 뉴욕 대학교 대학원 연기교육학과를 졸업했다.

1980년대가 안성기의 시대였다면, 1990년대는 박중훈의 시대였다. 영화 「깜보」「미미와 철수의 청춘스케치」로 신선함을 선보인 뒤, 「나의 사랑, 나의 신부」「투캅스」「게임의 법칙」「인정사정 볼 것 없다」「찰리의 진실」「황산벌」「투 가이즈」「천군」을 통해 관객들의 폭넓은 사랑을 받고 있다.

아태영화제 남우주연상·대종상 남우주연상·도빌영화제 남우주연상·영평상 레미 마틴상 남우주연상 등을 수상했다.

아버지, 당신의 이름으로

　　많은 아버지들이 그랬듯 아버지도 배우가 되고 싶어하는 나를 야단치셨습니다. 뭐, 사실 표현이 좋아 야단이지, "우리 집에 웬 딴따라가 나왔냐"며 툭하면 매를 드시는 통에 중간에서 말리며 우시는 어머니 뒤에 숨어서 맞기도 참 많이 맞았습니다. 육군사관학교를 나와 군인이 되거나 공무원이 되기를 바라셨던 아버지에게 나는 늘 한숨거리였습니다.

　　다행히 배우의 길을 흔쾌히 이해해주셨던 어머니가 감싸주셔서 중앙대 영화과에 진학할 수 있었지만, 막상 배우가 되려고 하니 어떻게 해야 될지 암담했습니다. 당시 보건사회부(보건복지부) 고급 공무원이셨던 아버지에게 큰 결심을 하고, 뭘 하나 부탁하기로 마음먹었습니다.

　　"아버지! 혹시 문화공보부에 잘 아시는 분 계세요?"
　　"왜?"

"저… 혹시… 아시는 분 계시면 그분한테 영화감독 한 명 소개받아서 배우 시켜달라고 하려고요…"

나는 그날, 독립심까지 없는 놈이라며 밤새 얼마나 혼이 났는지 모릅니다. 어머니도 내 발상이 한심했는지 그날은 심지어 말리지도 않으셨습니다.

그러고 얼마 뒤, 합동영화사 이황림 감독님 밑에서 청소도 하고 심부름도 하며 배우의 기회를 엿보다가 운 좋게 영화배우로 데뷔할 수 있었습니다. 1985년 첫 영화 「깜보」의 시사회에 참석하신 아버지는 구름떼처럼 모여든 사람들 앞에서 어리둥절해하셨고, 그 후 「미미와 철수의 청춘스케치」란 영화가 큰 성공을 거두자 자식을 인정하며 자랑스러워하셨습니다.

그 후부터는 새 영화가 개봉될 때마다 잘 되지도 않는 20대 목소리를 흉내 내서 극장에 전화를 했습니다. 박중훈 나오는 영화표 있느냐고 물어보곤, 매진이라고 하면 전화기를 끊고 어린아이처럼 펄쩍펄쩍 뛰시기도 했습니다. 어느새 나의 든든한 후원자가 되셨던 거지요.

1996년 무렵, 극장 개봉도 안 되는 할리우드 B급 액션영화 「아메리칸 드래곤」의 섭외를 받고 망설일 때, 처음부터 과욕내지 말고 좋은 경험을 쌓다보면 언젠가 메이저 할리우드 영화에 못 나가란 법 있느냐며 나를 격려해주셨던 아버지. 그 이후 몇 년 지난 2000년, 나는 거짓말처럼 할리우드 메이저 영화 「찰리의 진실」에 주요 배역으로 당당히 캐스팅됐습니다. 아버지는 그러나 그 1년 전 급작스런 심

뉴욕 대학교 대학원 졸업식 날 아버지와 함께. 아버지는 배우의 길을 반대하였지만 내가 본격적으로 나서자 누구보다도 든든한 원군이 되었다.

장마비로 세상을 떠나신 뒤였습니다.

자랄 때 너무도 엄하고 무섭게 키우셔서 원망도 많이 했던 아버지였지만, 그때의 교육이 이 격동하는 영화계에서 나를 차분히 가라앉혀주고 중심을 잡아주고 있다는 걸 세 아이의 아빠가 된 지금 조금 알 것 같습니다.

나는 「찰리의 진실」을 찍기 전, 극중 이름을 내가 지을 수 있게 해달라고 제작자와 감독에게 부탁했습니다. 할리우드 메이저 영화에 꼭 붙이고 싶은 이름이 있다고. 그 부탁은 결국 용납이 됐고, 난 촬영하는 5개월 내내 그 이름으로 살 수 있었습니다. Il-Sang(일상) ― 이것은 살아 계셨으면 누구보다도 기뻐하셨을 나의 아버지 이름이었습니다.